Stephan Knösel

MASTER OF DISASTER
Chaos ist mein zweiter Name

AF204595

Stephan Knösel

MASTER OF DISASTER

Chaos ist mein zweiter Name

Mit Illustrationen von Barbara Jung

GULLIVER

Ebenfalls lieferbar:

»Master of Disaster« im Unterricht PLUS
in der Reihe *Lesen-Verstehen-Lernen* mit Materialien für einen Literatur-
unterricht auf drei Niveaustufen in inklusiven Klassen
ISBN 978-3-407-82427-1
Beltz Medien-Service, Postfach 100565, 69445 Weinheim
Kostenloser Download: www.beltz.de/lehrer

»Master of Disaster. In Einfacher Sprache«
ISBN 978-3-407-82422-6 Print
ISBN 978-3-407-82423-3 E-Book (EPUB)

Dieses Buch ist erhältlich als:
ISBN 978-3-407-78700-2 Print
ISBN 978-3-407-74927-7 E-Book (EPUB)

© 2019 Gulliver
in der Verlagsgruppe Beltz · Weinheim Basel
Werderstraße 10, 69469 Weinheim
Alle Rechte vorbehalten
Neue Rechtschreibung
© 2018 Beltz & Gelberg
Illustrationen und Umschlaggestaltung: Barbara Jung
Lektorat: Frank Griesheimer
Druck und Bindung: Beltz Grafische Betriebe, Bad Langensalza
Beltz Grafische Betriebe ist ein Unternehmen mit
finanziellem Klimabeitrag (ID 15985-2104-100).
Printed in Germany
6 7 8   26 25 24

Weitere Informationen zu unseren Autor:innen und Titeln
finden Sie unter: www.beltz.de

Wart ihr schon mal im Büro des Direktors? Ist ganz gemütlich dort. Eigentlich.

Außer man fliegt gerade von der Schule ...

»Quentin! Was hast du dir dabei gedacht?!«

Quentin, das bin ich. Momentan noch Fünftklässler. Ich antwortete: »Das ist eine längere Geschichte.«

Direktor Brandl setzte so ein Lächeln auf, das Erwachsene nur lächeln, wenn sie einen gleich anbrüllen – und zwar so, dass es einem die Haare nach hinten weht wie in einem Cabrio. »Ich hab Zeit!«, knurrte er.

Wie ein Hund, kurz bevor er anfängt zu bellen. Und mit Hund meine ich keinen Dackel oder Pudel – eher einen Dobermann oder Rottweiler.

»Na ja«, fing ich an und streichelte Ingrid, die »Gack. Gack-gack!« machte. »Unterbrich mich mal nicht«, sagte ich zu ihr.

»Dieses Huhn macht mich noch wahnsinnig!«, brummte Direktor Brandl.

Ihr fragt euch vielleicht, was da auch noch ein Huhn in seinem Büro zu suchen hatte. Aber dazu komme ich noch. Erst mal sagte ich zu Brandl: »Eigentlich ist das alles gar nicht meine Schuld.«

Statt loszubrüllen, atmete der Direktor tief durch: »Ach ja, und wessen Schuld ist es dann?«

»Na, die von Schlumpfine!«

ERSTER TEIL

Das absolut schlimmste Mädchen der Welt und ich

KAPITEL 1

Ich meinte natürlich nicht die echte Schlumpfine. *Meine* Schlumpfine heißt eigentlich Stella. Und um das gleich klarzustellen: Stella ist nicht als Baby in einen Farbeimer gefallen oder so. Nein, ich hab sie nur Schlumpfine genannt, weil Frau Gern, unsere Grundschullehrerin, nicht wollte, dass ich *Superbitch* zu ihr sage. Das war mein ursprünglicher Spitzname für Stella. Aber Schlumpfine passt auch ganz gut.

Ich bin mir sicher, ihr kennt diese Mädchen. Wenn die mit einem Spickzettel erwischt werden, dürfen sie die Klassenarbeit trotzdem mitschreiben. Ich dagegen, wenn ICH mit einem Spickzettel erwischt werde ... krieg ich eine Sechs! Warum? Richtig. Weil ich ein Junge bin.

Und Schlumpfine ist ein Mädchen.

Aber sie ist nicht nur ein Mädchen – sie ist das schlimmste Mädchen von allen. Ich sag es mal so: Als der liebe Gott sich Mädchen ausgedacht hat, hat er bestimmt nicht damit gerechnet, dass so was wie Schlumpfine dabei rauskommt. Sonst hätte er sich das garantiert noch mal anders überlegt.

Nicht dass sie total hässlich ist oder so. Man muss jetzt nicht würgen, wenn man Stella sieht.

Also nicht gleich.

Aber sie ist so eine unglaubliche Schleimerin! Die ist Sternzeichen Schnecke, so sehr schleimt die, wirklich. Und Frau Gern, unsere Grundschullehrerin, hat das nie kapiert.

»Ach, danke, Stella …«

»Das ist aber nett, Stella …«

»Ach, Stella, wie lieb von dir …«

Stella hier, Stella da – davon konnte einem ganz schwindlig werden! Aber wenn ICH mal aufstehen musste, um was in den Mülleimer zu werfen oder weil ich aufs Klo wollte – dann hat Stella mir immer in die Hacken getreten.

Und wenn ich dann aufgeschrien habe, weil das echt wehgetan hat – dann hieß es immer nur: »Was ist denn jetzt schon wieder, Quentin?«

Wenn ich dann gesagt habe: »Stella hat mich gerade getreten!«, dann hat unsere Lehrerin gefragt: »Stella, hast du Quentin getreten?« Und Stella hat gesagt: »Nein, hab ich nicht.«

Jetzt drück ich mal kurz auf die Pausetaste. Denn das ist nur EIN Beispiel. Und das versteht man ja sogar noch: Wenn *ich* jemanden trete, geb ich das auch nicht gleich zu. Aber was ich niemals machen würde, und zwar wirklich *niemals*, weil das eine ganz, ganz miese Nummer ist: Ich würde niemals anfangen zu weinen!

Gut, erstens, weil ich das gar nicht könnte. Ich kann nicht einfach losheulen, wenn ich nicht heulen muss. Aber Stella, diese Bitch – Entschuldigung: Superbitch –, die kann das. Und die macht das auch.

Und ich?

Ich darf mir dann von Frau Gern anhören: »Quentin! Wegen dir weint Stella jetzt! Stella, Schatz, na komm, das wird schon wieder. Quentin, entschuldige dich! Sofort!«

»Entschuldigen? Hallo, wofür denn? Dafür, dass Stella mir in die Hacken getreten hat?«

Tja.

Was hat meine Mutter dann immer gesagt: »Wie kann man denn in der Grundschule schon einen Verweis bekommen, Quentin?!«

Ich sag's euch, bis zur Grundschule hatte ich so ein schönes Leben. Ich hatte nette Eltern, meistens jedenfalls, und einen Bruder, der zwar manchmal nervte, aber letztlich doch immer das machte, was ich wollte. Wir lebten in einer kuschligen Wohnung mit einem riesigen Fernseher und einem Computer, auf dem man hervorragend spielen konnte – es war ein Traum.

Auch draußen: Im Innenhof hinter unserem Haus gab es einen Spielplatz für die *kleinen* Kinder und für uns ein Mülltonnenhäuschen. Von dort konnten wir aufs Garagendach des Nachbarhauses klettern – das war so was wie unser zweites

Kinderzimmer. Von da oben konnte man zum Beispiel wunderbar Wasserbomben werfen, ohne gesehen zu werden.

Wenn wir mal nicht zu Hause waren, waren wir entweder im Kindergarten oder bei unserer Oma. Die kochte uns dann immer unsere Lieblingsgerichte, und wir durften fernsehen, so lange wir wollten. Und nicht nur das – dazu gab es auch noch Süßigkeiten bis zum Umfallen. Es war wie im Paradies! Und unter der Woche waren mein Bruder und ich im wahrscheinlich coolsten Kindergarten der Welt. Die Bude war zwar schon ziemlich alt und sah aus, als würde sie gleich einstürzen – und drinnen gab es Mäuse, weil es nicht sehr sauber war. Aber wir fanden das nicht schlimm. Ich weiß wirklich nicht, warum Erwachsene immer so ein Gedöns um Sauberkeit machen.

In dem Fall vermutlich, weil sie ihn selber putzen mussten – unser Kindergarten war nämlich eine sogenannte Elterninitiative, wo die Eltern selber die Chefs waren. Warum sie den Laden dann auch *putzen* mussten – fragt mich bitte nicht! Das ist so eine Erwachsenensache, die nur Erwachsene verstehen. So ähnlich wie das mit meinem Vater, der angeblich wahnsinnig gut in der Schule war, sich jetzt aber nur um den Haushalt kümmert. Erwachsenensachen sind ja grundsätzlich unlogisch. Aber egal, für uns Kinder war dieser Kindergarten großartig. Wir durften alles: rausgehen, wann wir wollten, spielen, was wir wollten – wir durften sogar essen, was wir wollten! Es war toll. Mein ganzes Leben war toll.

Dann kam die Schule!

Es begann schon am allerersten Schultag in der Grundschule, vor fünf Jahren. Da hatte ich eigentlich überhaupt nicht hingewollt. Das hatte ich meinen Eltern auch immer gesagt:

»Hört mal, ich glaube, Schule ist nichts für mich, ich bleib lieber im Kindergarten. Okay?«

Meine Eltern haben dann immer nur gelächelt und genickt. Also, entweder haben sie mir nicht zugehört, was leider öfters vorkommt, oder sie haben nicht gedacht, dass ich das ernst meine. Denn irgendwann kam der erste Schultag und ich hatte plötzlich eine Schultüte in der einen und einen Schulranzen in der anderen Hand. Und als ich dann meine Eltern daran erinnerte, dass wir uns doch schon einig gewesen waren – nämlich dass ich nicht in die Schule gehen würde –, na ja, da ist meine Mutter vor mir in die Hocke gegangen, hat mir die Haare verwuschelt, nett gelächelt und dabei gesagt:

»Aber Schätzchen. Wenn du nicht zur Schule gehst, darfst du nie wieder in deinem Leben fernsehen. Und *iPad* spielen auch nicht. Es gibt auch keine Chips mehr, keine Schokolade ...«

Da hab ich mir gedacht: Okay, ich kann mir die Schule ja wenigstens mal anschauen.

Und der erste Eindruck war auch ganz gut: Die Lehrer hier schienen nett zu sein, es gab einen großen Pausenhof, eine riesige Turnhalle, sogar die Viertklässler waren anscheinend in Ordnung. Sie sangen immerhin zur Begrüßung ein Lied für uns Neuankömmlinge. Und meine alten Kindergartenkumpel Valentin, Emil und Leif kamen sogar in dieselbe Klasse wie ich. Gut, nicht nur die, auch Mats, der alte Schnarcheimer. Trotzdem: Das könnte richtig nett werden, hab ich mir damals gedacht. – Bis ich Schlumpfine gesehen hab.

Ihr kennt das vielleicht: Bei manchen Menschen hat man sofort ein schlechtes Gefühl – so wie man andere sofort total nett findet. Aber von »nett« war Stella Lichtjahre entfernt.

Das Problem ist nur: Mit der Grundschule kann man nicht einfach »aufhören«, falls es einem dort nicht gefällt. Die Lehrer lassen einen nicht. Die Eltern sind auch dagegen. Wenn man da mal drin ist, ist das praktisch wie Gefängnis: Dann kommt man erst nach vier Jahren wieder raus. Und selbst wenn man zwischendurch mal nicht hingeht, erfahren das die Eltern spätestens, wenn die Polizei vor der Tür steht. Glaubt mir. Das ist wirklich so. Ich hab's ausprobiert. Danach war mir klar: Es hat keinen Sinn. Da muss ich durch. Ob ich wollte oder nicht: Die nächsten vier Jahre hatte ich Schlumpfine am Hals. Und das war wirklich schlimm!

Ich weiß ja auch nicht, warum wir uns so hassten. Es gab keinen Auslöser dafür. Stella hatte nicht etwa meinen Lieblingsteddy im Klo runtergespült oder ich ihr den Zopf abgeschnitten. Am besten kann ich es vielleicht so erklären: Wir hatten als Familie mal »Urlaub auf dem Bauernhof« gemacht. Dort gab es einen Hund, Rexi. Den hatte ich auf Anhieb, also von Sekunde 1 an, total lieb. Bei Stella war es das genaue Gegenteil. Nur noch viel schlimmer.

So schlimm, dass ich in der vierten Klasse jedenfalls gut darauf verzichten konnte, noch mal mehrere Jahre mit ihr in derselben Schule zu verbringen. Da hätte ich auch gleich in der Klapsmühle nachfragen können, ob die noch ein Zimmer für mich frei haben.

Also fasste ich einen Plan.

Stella würde nach der Vierten garantiert aufs Gymnasium gehen. Und wie die meisten Eltern hier wollten meine Eltern auch, dass ich aufs Gymnasium gehe. Nur dass das – hoppla, so ein Pech aber auch! – ein paar Mathe-Vierer später nicht mehr für mich infrage kam.

Und so durfte ich auf die Gesamtschule.

Ich weiß noch, wie ich mich auf den Infoabend dort freute. Nicht mal mein Vater konnte mir den Spaß verderben. Also, nur um das klarzustellen: Mein Vater ist eigentlich in Ordnung. Aber manchmal nervt er ein bisschen. Zum Beispiel kurz vor dem Infoabend.

»Quentin? Zieh deine Halbschuhe an! Bitte.«

Ich fragte das nun schon zum elften Mal: »Aber warum?«

Es war 17.40 Uhr. Wir standen im Flur vor der Wohnungstür. In zwanzig Minuten fing der Infoabend an. Würden wir *genau* jetzt losfahren, kämen wir *genau* rechtzeitig zur Gesamtschule.

Doch je länger wir hier rumtrödelten, desto stressiger, wenn nicht gar unmöglich würde es natürlich werden, pünktlich dort anzukommen.

Aber das kapierte mein Vater anscheinend nicht, denn er sagte: »*Warum?* Weil ich das will!«

Und hier die Preisfrage: Wer ist mal wieder schuld, wenn wir nicht pünktlich zu diesem Infoabend kommen? Etwa mein Vater? Falsch. *Ich* bin schuld. Wieso? Weil Erwachsene es nie zugeben würden, dass *sie* schuld sind.

Also sagte ich: »Papa, ich hab doch schon extra eine Jeans ohne Löcher angezogen!«

Ist es da zu viel verlangt, wenn ich jetzt wenigstens meine Turnschuhe anziehen wollte? Damit ich nicht wie ein kompletter Spießer aussehe?

Aber auch das verstand er anscheinend nicht, denn er sagte: »Ja, und nun ziehst du bitte auch noch die Halbschuhe an!«

Ich redete jetzt etwas leiser, weil die Wohnzimmertür offen war: »Dir ist doch sonst auch egal, was ich für Schuhe anhab.«

Mein Vater seufzte. Auch er flüsterte jetzt: »Mama hat gesagt, du sollst die Halbschuhe anziehen. Also zieh sie jetzt bitte an!«

»Aber Mama kommt doch gar nicht mit.«

Meine Mutter passte lieber auf meinen Bruder auf. Nicht dass der das nötig gehabt hätte. Es war eher so, dass *sie* eine Ausrede brauchte, um zu Hause zu bleiben. Meine Mutter hat's nämlich nicht so mit Schule. Vielleicht hab ich das ja von ihr geerbt. Für Schule ist bei uns jedenfalls mein Vater zuständig. Der ist nämlich als Kind wahnsinnig gerne zur Schule gegangen. Sagt er zumindest immer.

Wenn man dann fragt, warum er keinen richtigen Beruf hat wie andere Väter, ist er total genervt. Dann sagt er: »Ich hab den *besten* Beruf von allen. Ich kann nämlich zu Hause arbeiten. Und mich gleichzeitig um euch Kinder kümmern. Wär's euch lieber, wenn ich nur am Wochenende für euch Zeit hätte?«

Nein, wäre es natürlich nicht. Es hat auch Vorteile, dass mein Vater gerne zur Schule gegangen ist. Er kann einem ziemlich gut bei den Hausaufgaben helfen. Manchmal schafft man es sogar, dass *er* für einen die Hausaufgaben macht. Doch was genau sein Beruf ist? – Keine Ahnung. Ab und zu hängt er vorm Computer ab. Aber eigentlich ist er die ganze Zeit mit Waschen, Putzen, Kochen und Aufräumen beschäftigt.

Während meine Mutter jeden Tag in ihren coolen *Toyota*-Pick-up steigt und damit in ihre Gärtnerei brettern darf. Ich finde, dafür, dass sie die Schule nur mit Ach und Krach geschafft hat, hat sie heute eindeutig die besseren Karten.

Aber das nur nebenbei. Wir standen ja immer noch vor der Wohnungstür, mein Vater und ich, und diskutierten die Vorteile von Turnschuhen im Vergleich zu Halbschuhen.

Ich sagte: »Erstens – ich kann viel besser rennen mit Turnschuhen!«

»Und zweitens?«, fragte mein Vater.

»Moment. Ich bin immer noch bei *erstens*. Stell dir vor, ein Kidnapper will mich entführen. Denkst du, in Halbschuhen kann ich vor dem weglaufen? Ich kann's ja mal versuchen ... Aber in Turnschuhen erwischt der mich nie!«

Mein Vater schnaubte wie ein Rennpferd, das nicht aus dem Stall rausdarf. »*Erstens* gehen wir da zusammen hin. Ich glaube nicht, dass irgendwelche Kidnapper aufkreuzen, wenn *ich* dabei bin!«

»Und zweitens?«, fragte ich.

Ich weiß gar nicht, warum mein Vater so genervt war, wir unterhielten uns doch nur. Und wenn er mir erlauben würde, dass ich meine Turnschuhe anziehe, müsste er auch nicht genervt sein. Erwachsene sind schon komisch.

»Zweitens«, sagte mein Vater, »sollte dich tatsächlich irgendjemand entführen wollen – dann würde er dich spätestens nach fünf Minuten wieder freilassen! WEIL ER EINEN NERVENZUSAMMENBRUCH HAT!«

Ich ging noch näher zu ihm hin und flüsterte: »Ich hab 'ne Idee! Ich zieh die Halbschuhe an, sag Tschüs zu Mama und im Fahrradkeller zieh ich dann die Turnschuhe an. Okay?«

»Nein. Das ist nicht okay! Weil du nicht bestimmst, welche Schuhe du anziehst!«

»Aber es sind meine Füße!«

»Aber, aber! Immer *aber*! ABER ABER ABER!«

»Sind es etwa *deine* Füße?«, fragte ich.

Mein Vater stöhnte. So läuft das immer: Erst seufzt er. Dann schnaubt er. Dann fängt er an zu stöhnen.

Dabei hatte ich ja nur recht! Das ist doch was Schönes. Ich hatte eben den Durchblick. Warum freuen sich Eltern da nicht? Stattdessen machen sie genau das Gegenteil: Maulen nur rum. Ich find das richtig undankbar! Ich mach so viel für meine Eltern! Seit vier Jahren steh ich jeden Tag auf und geh in die Schule. Gut, nicht jeden Tag – nicht am Wochenende oder in den Ferien –, trotzdem: Mach ich das etwa freiwillig?

Die Gesamtschule gefiel mir übrigens sofort – als mein Vater und ich endlich dort waren. Es war zwar kein schönes Gebäude. Die Schule sah eher so aus, als hätte ein gewaltiger Riese mit seinen Bauklötzen gespielt und sie dann einfach liegen gelassen. Dafür gab es aber einen großen Pausenhof mit vielen Stufen, Büschen und Verstecken. Und innen wirkte die Schule noch größer: mit vier Stockwerken, mehreren Treppenhäusern und verwinkelten Gängen, die in alle Richtungen führten. Ich sah mich hier schon entlangrennen mit den anderen, mittags in der Mensa essen, danach Hausaufgaben machen in der Bibliothek – ich wusste jedenfalls gleich: Wenn schon Schule, dann hier!

Papa und ich waren natürlich spät dran, die Aula war schon randvoll: mit schüchternen Viertklässlern; Eltern von schüchternen Viertklässlern; mit Gesamtschülern, die belegte Brote und Getränke anboten; mit Lehrern, die sich vorstellten, und einem Direktor Brandl, der eine wahnsinnig sympathische Begrüßungsrede hielt. (Wahrscheinlich, weil er damals noch nicht wusste, dass *ich* hier auch zur Schule gehen wollte.)

Sogar die Schulband spielte an dem Abend ein paar Lieder. Und die Bollywoodgruppe führte einen Tanz vor. Es war eine richtige Willkommensparty. Fast schon zu schön, wie ein Traum.

Aber dann machte es *Peng!* und der Traum zerplatzte.

Der Infoabend ging gerade zu Ende, die Lichter wurden wieder angemacht, alle strömten aus der Aula ins Freie.

Zuerst dachte ich da: Das kann nicht sein! Stella? *Die* Stella? Aus meiner Grundschulklasse?!

Aber dann entdeckte Stella auch mich – und fing an zu grinsen.

Es war also keine Einbildung. So eine Bitch! Was machte sie hier? Sie hatte doch einen Schnitt von eins Komma sechs im Übertrittszeugnis! Und hatte schon in der Dritten damit geprahlt, in was für ein tolles Gymnasium sie mal gehen würde.

Während *ich* im letzten Schuljahr alles dafür getan hatte, *nicht* aufs Gymnasium zu kommen! So wie es aussah, hatte ich mir da selber ein Bein gestellt.

KAPITEL 2

Es war ein totaler Schock – und ich brauchte einen neuen Plan. Einen Plan, wie ich Stella doch noch loswurde.

Nur fiel mir leider überhaupt nichts ein. Zum Pläneschmieden brauchte ich meine Ruhe. Doch die ganze Fahrradfahrt von der Gesamtschule nach Hause löcherte mich mein Vater mit Sprüchen wie:

»Und, wie hat's dir gefallen?«

»Ja, war gut.«

»Den Französischlehrer fand ich besonders nett.«

»Echt?«

»Oh ja. Da hab ich richtig Lust bekommen, selber noch mal Französisch zu lernen.«

»Was?!«

»Wär das nicht toll? Dann könnten wir uns gegenseitig Vokabeln abfragen!«

»Ja, das wär ... toll«, sagte ich, damit mein Vater endlich Ruhe gab und heute Nacht gut schlafen konnte. Eigentlich war ich mit den Gedanken ganz woanders.

Bei Schlumpfine. Ich stellte mir gerade vor, wie sie von einer Spezialeinheit der Polizei verhaftet und mit viel zu eng angelegten Handschellen in ein Polizeiauto gesteckt wurde. Das sie ins Gefängnis brachte. Wo man hinter ihr dann die Zellentür zusperrte und den Schlüssel ganz weit wegwarf.

»Oh, und Natur und Technik wird auch klasse!«, sagte mein Vater.

»Mhm-m«, murrte ich. Dann waren wir endlich zu Hause. Normalerweise war meine Mutter immer total hinterher, dass wir alle gemeinsam zu Abend aßen. Aber an diesem Abend machte sie am Küchentisch »Steuer«, weswegen überall Zettel, Rechnungen, Ordner und aufgeschlagene Bücher rumlagen.

»Steuer« ist auch so ein Erwachsenending. Was ganz Schreckliches anscheinend. Nicht ganz so schrecklich wie Krieg, Umweltverschmutzung und schwere Krankheit – aber es liegt wohl nur knapp dahinter. Immer wenn meine Mutter Steuer macht, explodiert sie, wenn man sie auch nur anspricht. Deswegen bekam ich jetzt ein Stück Kuchen in die Hand gedrückt und ein Glas Milch und durfte im Kinderzimmer essen – während mein Vater meiner Mutter mit dem Papierkram half, damit ihre Laune nicht noch schlechter wurde.

Meine Eltern waren also beschäftigt, das war gut. Bloß, mein Bruder hörte gerade ein Hörspiel – irgendwas mit Drachen, Schwertern, dampfenden Vulkanen und Kämpfern aus der Unterwelt – und das war nicht so gut. Denn ich brauchte meinen Bruder, damit er *mir* zuhörte, nicht diesem dämlichen Hörspiel. Aber er machte immer nur »Psssst!«, und schließlich setzte er sogar seine Kopfhörer auf, damit ich ihn nicht weiter störte.

Also machte ich das, was in solchen Situationen immer noch am besten wirkt. Ich ging nicht einfach nur nach draußen, nein, ich kletterte äußerst geheimnisvoll aus dem Fenster. Pläne schmieden konnte ich sowieso am besten auf dem Garagendach.

Als ich oben war, legte ich mich hin und ruckelte so lange, bis kein Kieselstein mehr in meinem Rücken pikste. Dann schaute ich in den Himmel – und wartete auf Vinzent.

Ach ja. Vinzent, so heißt mein Bruder. Er ist nicht ganz zwei Jahre jünger als ich. Ich muss also wahnsinnig süß gewesen sein als Baby, sodass meine Eltern damals schnell noch ein zweites Kind wollten. Süß – oder unglaublich mies drauf, und meine Eltern haben sich gedacht: Mist, für den da brauchen wir schnell einen Spielkameraden, sonst sind wir am Arsch.

Wie auch immer, ich bin ganz froh über meinen Bruder. Er ist jünger, das heißt, wenn wir uns prügeln, gewinne ich meistens. Seit Kurzem isst er keine Schokolade mehr – weswegen mehr für mich übrig bleibt. Und außerdem kann er richtig gut zuhören. Wenn er sich nicht gerade irgendein dämliches Hörspiel anhört!

Gut, Vinzent hat auch eine gewaltige Macke. Damit meine ich nicht mal diesen Tick, den er sich angewöhnt hat: dass er immer die Nase hochzieht, sodass man denkt, man hätte ein Schwein als Haustier. Nein – er ist jetzt so eine Art Umweltschützer geworden. Globalisierungsgegner, um genau zu sein. Ja, ich weiß. Ich hab auch gedacht, ich spinn. Wie kann man mit acht Jahren schon Globalisierungsgegner sein! Ich bin zehn und weiß noch nicht mal, was Globalisierungsgegner sind.

Er wusste das bestimmt auch nicht! Er faselte nur was von Fleisch und dass es nicht gut sei, wenn das von zu weit weg herkommt, und überhaupt, wenn zu viel davon gegessen wird. Deswegen ging er neuerdings auch nicht mehr zu *McDonald's* oder zu *Burger King* oder in einen anderen Fast-Food-Laden. Das war das eigentliche Problem. Denn wer durfte das ausbaden? *Ich* natürlich.

Ich wäre nämlich sehr gerne noch zu *McDonald's* gegangen. Aber mein Vater ging auch nicht mehr zu *McDonald's*. Weil er es nämlich toll fand, dass Vinzent jetzt auf sein Gewissen hörte. Und daran wollte sich mein Vater ein Beispiel nehmen. Und ich? Hatte die Arschkarte gezogen.

»Quentin?«

Da war er endlich. »Ich bin hier oben«, sagte ich.

Die Klappe des Mülltonnenhäuschens schepperte, als mein Bruder hinaufkletterte. Dann raschelten die Efeublätter und Vinzents Schuhe scharrten an der Mauer. Schließlich machte es *Fump!*, und der Kies knirschte und ein Steinchen prallte von meinem Arm ab, als Vinzent auf das Garagendach sprang.

»Hä? Du hast ja Turnschuhe an«, sagte er. »Solltest du nicht deine Halbschuhe anziehen?« Vinzent legte sich neben mich. Man konnte den ersten Stern am Himmel sehen, es war schon fast dunkel.

»Die sind mir beim Anziehen aus Versehen ins Klo gefallen«, sagte ich. »Wir hatten leider keine Zeit mehr, dass ich sie trocken föhne.«

Vinzent grinste. Das konnte ich spüren. Es war, als würde sein Gesicht immer breiter werden, bis es meines berührte und das Grinsen zu mir übersprang.

»Wie war denn der Infoabend?«, fragte er.

Ich seufzte. »Ich sag nur – ungefähr ein Meter vierzig groß, trägt gerne teure Klamotten und mag Pferde.«

»Oh«, sagte Vinzent.

»Ja. Genau!«

»Ich dachte, Stella kommt aufs Gymnasium.«

»Das dachte ich auch.«

»Aber hey – dann geh du doch jetzt aufs Gymnasium!«

»Dafür braucht man bessere Noten, du Trottel. Für bessere Noten muss man lernen. Und das hab ich extra nicht gemacht.«

»Oh.«

»Ja.«

»Und was hast du jetzt vor?«

»Na, ich muss sie irgendwie loswerden.«

»Und wie?«, fragte Vinzent.

Ich seufzte wieder. »Wenn ich das wüsste!«

Vinzent stützte sich auf die Ellbogen und nahm sich eine der Wasserbomben, die wir hier für Notfälle gebunkert hatten. Er drückte leicht mit den Fingern dagegen, um den Wasserdruck zu prüfen, dann schaute er über die Mauerkante auf die Straße, um sich ein Opfer zu suchen.

Aber statt zu werfen, ging er sofort neben mir in Deckung.

»Was ist?«, fragte ich.

»Stella! Sie steht unten vor unserer Haustür!«

KAPITEL 3

Ich glaubte natürlich erst mal, dass Vinz sich einen Spaß erlaubte. Doch normalerweise verriet er sich da immer selber. Ungefähr eine Sekunde nach jedem Verarschungsversuch schlich sich ein etwa zehn Meter großes Grinsen in sein Gesicht. Jetzt allerdings nicht.

»Stella? Wieso das denn?«, fragte ich.

»Weiß ich doch nicht!«, antwortete Vinzent.

Ich richtete mich vorsichtig auf und lugte über die Kante des Garagendachs. Wir waren hier gut vier Meter über der Straße, etwas nach hinten ins Nachbargrundstück versetzt. Gerade deswegen eignete sich das Garagendach besonders gut als Versteck. Es fiel nicht auf, wenn man am Gehsteig daran vorbeispazierte. Und schon gar nicht rechnete man damit, dass dort oben jemand liegen könnte – und das auch noch mit Wasserbomben bewaffnet.

Stella stand tatsächlich unten vor unserer Haustür. Was seltsam war. In unserem Haus gab es vier Stockwerke, in jedem Stock zwei Wohnungen – aber wir waren die einzigen Kinder, die hier lebten.

Im Hinterhaus gab es noch Kinder, aber die waren viel kleiner als wir. Und Stella war noch nie hier gewesen, auch wenn sie in der Nachbarschaft wohnte.

»Was machen wir jetzt?«, flüsterte Vinzent.

Ich beugte mich über ihn und griff in die Plastikwanne mit den gefüllten Wasserbomben. Ich nahm mir zwei, schaute Vinzent an, dann deutete ich mit einem Nicken Richtung Hauseingang, der ungefähr acht Meter von uns entfernt war, und sagte: »Ich zuerst. Dann du, dann wieder ich.«

Vinzent nickte. »Und wenn sie abhaut, jeder noch zwei auf den Rücken!« Er legte sich zwei weitere Wasserbomben zurecht.

»Guter Plan!«, flüsterte ich

und machte das auch.
Dann schaute ich
wieder über die
Dachkante.
Ich schätzte
den Abstand
zwischen
Stella und
Haustür auf zwei
Meter. Zusammen
mit dem Höhen-
unterschied und
dem Seitenabstand der
Grundstücke würde das ein

ziemlich schwieriger Wurf werden. Aber ich machte das ja nicht erst seit gestern. Also atmete ich langsam aus und lupfte die Wasserbombe in hohem Bogen so in die Luft, dass sie genau auf Stellas Kopf landen musste. Dann ging ich sofort wieder neben Vinzent in Deckung.

Ich zählte bis drei. Nichts passierte.

Das war komisch.

Vinzent schaute mich an wie ein Hund, dem man seinen Knochen weggenommen hatte. Ich zuckte ratlos mit den Schultern. Daraufhin zeigte Vinz auf mich und machte eine Kopfbewegung in Richtung Hauseingang. Ich riss die Augen auf, als wäre er total bescheuert, dann deutete ich mit dem Finger auf ihn und machte dieselbe Kopfbewegung. Aber Vinz zeigte mir einen Vogel.

Ich verdrehte die Augen. »Feigling, echt!«, flüsterte ich.

»Wäwä-wä!«, sagte Vinzent.

Und Stella sagte vor unserer Haustür: »Quentin?«

Mist!

Vinzent und ich drückten uns beide unter die Mauerkante des Garagendachs. Ich schaute ihn warnend an und legte meinen Zeigefinger an die Lippen.

Trotzdem sagte Vinzent: »Und jetzt?«

»Hey, das bedeutet Klappe halten!«, flüsterte ich und deutete mit dem anderen Zeigefinger auf den Zeigefinger, den ich immer noch an meine Lippen hielt.

»Quentin!«, sagte Stella unten etwas lauter. Sie war ein Stück weit zu uns rübergekommen, das konnte man hören.

Aber ich wollte natürlich nicht, dass sie mich sah. Es war mir peinlich, dass ich sie nicht getroffen hatte mit der Wasserbombe. Wenn sich das in der Schule rumsprechen würde, auweia. Also zeigte ich Vinzent meinen 5-Euro-Schein. Den hatte ich mir mühsam zusammengespart, um mir davon Fußballsammelbilder zu kaufen.

Vinzent deutete mit dem Finger auf seine Brust. Ich nickte. Und Vinz strahlte wie ein Weihnachtsstern.

»Quen-tin!«, rief Stella in unsere Richtung. Sie hatte die Garage entdeckt. Na toll!

Vinzent stand langsam auf. »Der ist nicht da.«

»Das glaub ich nicht«, hörte ich Stella sagen.

»Ist aber so«, sagte Vinzent, der jetzt über mir stand.

»Du bist doch sein Bruder!«, sagte Stella.

»Ja, und?«

»Kannst du beweisen, dass er nicht da ist?«

»Äh … Siehst du ihn hier irgendwo?«

»Dann warst *du* das mit der Wasserbombe?«, fragte Stella.

»Na ja«, fing Vinzent an – aber bevor er weiterreden konnte, machte es *Platsch!*, und sein Gesicht war nass. Der aufgeplatzte grüne Luftballon hing noch eine Weile an seiner Nase, bevor er auf die Kieselsteine fiel.

Eins musste man Stella lassen: Sie war zwar ein Mädchen – aber sie warf nicht wie ein Mädchen.

»Spinnst du?«, schrie Vinzent. »Du kannst doch nicht einfach …«

»Was?«, unterbrach ihn Stella. »Mit Wasserbomben nach dir werfen?«

Vinzent rieb sich das Wasser aus dem Gesicht. Die obere Hälfte seines T-Shirts klebte klatschnass auf seiner Brust. Er schaute mich an. »Gib mir sofort die fünf Euro!«, zischte er.

»Bist du denn wahnsinnig?«, hauchte ich. »Du sollst doch so tun, als wär ich nicht da!«

»Quentin?«, sagte Stella wieder.

Ich seufzte. Ich konnte sie zwar nicht sehen, weil ich mich auf das Garagendach presste. Aber ich wusste, dass sie gerade die Augen verdrehte. So wie sie es immer machte, wenn sie sich mal wieder für den klügsten Menschen auf der Welt hielt.

»Jetzt komm endlich raus!«, sagte Stella. »Ich weiß, dass du da bist!«

Mist. »Ach ja?«, sagte ich. »Woher denn?«

»Weil ich gerade mit dir rede!«

Ich stand auf. Das war natürlich ein Fehler.

»Ha!«, sagte Stella.

»*Ha* was?«

»Da bist du ja! Oder willst du das immer noch abstreiten?«

Ich schaute Vinzent an, der jetzt vor Wut knallrot im Gesicht war und die Hand aufhielt und damit auf meinen 5-Euro-Schein zeigte. Ich schüttelte den Kopf und schaute wieder zu Stella runter. »Ich versteh das nicht, ich muss dich doch getroffen haben.«

»Hast du auch«, sagte Stella. »Aber du musst schon etwas fester werfen, damit das Ding auch platzt. Vielleicht nimmst du noch ein bisschen Nachhilfe bei deinem Bruder. Der scheint sich mit Wasserbomben auszukennen. Immerhin weiß er, wie man sich eine einfängt. Können wir jetzt endlich reden?«

»Hä?«, sagte ich. »Worüber denn?«

»Ich will dir einen Vorschlag machen!«

KAPITEL 4

Erst mal musste ich Stella natürlich vor meiner Mutter verstecken. Die machte zwar gerade »Steuer« – und das in der Küche, aber dort gab es ein großes Fenster mit Blick in den Innenhof. Wenn meine Mutter hier eine Mädchenstimme hörte und auch noch sah, dass ich mehr oder weniger freiwillig mit diesem Mädchen redete, dann war ich geliefert.

Dann würde Mama schneller als der Blitz neben mir einschlagen und Stella vermutlich, noch bevor sie ihr die Hand gegeben hatte, zu meinen nächsten fünf Geburtstagen einladen. Mindestens.

Meine Mutter hatte schon immer versucht, mich mit irgendwelchen Mädchen zu verkuppeln. Meistens mit Töchtern von ihren Freundinnen. Keine Ahnung, warum – wahrscheinlich dachte sie, dass Mädchen einen besseren Einfluss auf mich hätten

und ich dann nicht so viel Scheiß bauen würde. Denn als meine Mutter selber noch ein Mädchen war, waren Mädchen anscheinend ziemlich brav. Heute ist das ja anders – auch wenn Mama mir das nicht glauben will. Jedenfalls zog ich Stella schnell ins Gebüsch, damit hier kein Unglück passierte.

»He, was soll das?«, maulte sie und kratzte sofort ein Krümelchen Erde von ihren weißen *Adidas*.

»Vorsicht, Eichhörnchenkacke!«, antwortete ich, damit Stella noch mehr erschrak. Ihre Kleidung war ihr nämlich super wichtig. Ich glaube, wenn jemand auf sie schießen würde, würde sie sich mehr über das Loch in ihrem Marken-T-Shirt ärgern als über die Schusswunde an ihrem Körper. Eigentlich sah Stella auch gar nicht aus wie eine Viertklässlerin. Mit ihrem schicken Stufenhaarschnitt und den Edelklamotten sah sie eher aus wie eine von diesen zwanzigjährigen parfümierten Tussis, nur eben im Körper einer Zehnjährigen.

»Also raus mit der Sprache, was willst du von mir?«, fragte ich sie.

Stella sah mich an, als wäre ich vom Mars. Dann deutete sie auf den Sandkasten. »Euer Sandkasten ist ja echt klein.«

»Willst du über Sandkästen reden?« Ich lugte durch die Thujahecke in Richtung Küche, wo Vinzent vor meiner Mutter gerade ein paar Tränen rausdrückte – vermutlich wegen der fünf Euro, die ich ihm angeblich schuldete. Das hieß, ich musste mich beeilen. Wenn mein Bruder seine Tränenshow aufführte, war das, als würde er zwei Silvesterraketen anzünden – die dann in Form meiner Eltern direkt auf mich zuschossen.

Ich drehte mich zu ihr um. »Also! Was für ein Vorschlag?«

»Was hast du's denn so eilig?«, fragte Stella.

Da kam ein lautes »QUENTIN!« aus der Küche. Von meiner Mutter.

»Deswegen«, sagte ich zu Stella – und durch die Thujahecke, so, als hätte ich keine Ahnung, worum es ging, rief ich: »ICH KOMME GLEICH!«

»Musst du etwa schon ins Bett?«, fragte Stella grinsend.

»NEIN, NICHT *GLEICH* – SOFORT!«, rief Mama. »ICH WILL MIT DIR REDEN!«

»Ins Bett – dass ich nicht lache!«, sagte ich und lachte. »Es ist ja noch nicht mal Mitternacht.« Dann trällerte ich so gut gelaunt wie einer dieser nervigen Radiosprecher am Morgen in Richtung Küche: »JA-A!« – und drehte mich wieder zu Stella um: »Jetzt komm endlich zur Sache!«

Stella schaute ernst zu Boden. »Meine Mutter will mich in ein Feriencamp stecken. In den Sommerferien. So eins mit Zelten, wo man am Lagerfeuer Lieder über Jesus singt.«

»Hä, du bist doch in Ethik«, sagte ich.

»Mehr fällt dir dazu nicht ein? Das ist eine Strafe, du Dummi!«

»Eine Strafe wofür? Also – ich find zwar gut, dass du bestraft wirst, aber ... Hey, hast du grad *Dummi* zu mir gesagt?«

»Ist dir *Blödmann* lieber? Eine Strafe für mein Übertrittszeugnis!«

»Du hast doch einen Schnitt von eins Komma sechs!«

»Nicht ganz. Das hab ich den anderen nur erzählt. Ich hab
einen Zwei-Komma-sechs-Schnitt. So wie du.«

Deswegen war sie bei dem Infoabend gewesen. »Oh«, sagte ich.
Und dann: »Und was soll ich jetzt tun? Dein Zeugnis fälschen?«

»QUENTIN! KOMM SOFORT REIN!«, rief meine Mutter.

Stella beeilte sich: »Drei Wochen Zeltlager! In den Bergen.
Mit Spinnen, Fliegen, Kuhfladen! Und Handys sind auch verboten! Wenn du mir da raushilfst, sorge ich dafür, dass ich auf
eine Privatschule komme. Und nicht auf die Gesamtschule, wo
du hingehst.«

Ich weiß, ich weiß. Ich hätte auf diesen Deal nicht eingehen
dürfen. Stella war meine Erzfeindin. So jemandem tut man keinen Gefallen. Aber es klang einfach zu verlockend. Ich fühlte
mich, als würde ich mit zwei leeren Koffern in einer riesigen
Schatzkammer stehen. »Okay«, sagte ich. »Red weiter.«

»Mehr gibt's nicht zu reden«, sagte Stella. »Sorg du dafür,
dass ich aus der Nummer mit dem Zeltlager rauskomme. Dann
bist du mich los!« Damit wühlte sie sich durch die Thujahecke
und stapfte zur Straße.

KAPITEL 5

Ich lag oben auf dem Stockbett und konnte richtig spüren, wie sich Vinzents Blick durch die Matratze unter mir in meinen Rücken bohrte. Er war immer noch total sauer. Und das wegen lausiger fünf Euro, echt!

»Zum letzten Mal, Vinz«, sagte ich. »Es war abgemacht, dass du das Geld kriegst, wenn du vor Stella so tust, als wär ich *nicht* auf dem Dach. Verstehst du? *Nicht!* Und das funktioniert ja wohl schlecht, wenn du auf einmal anfängst, mit mir zu REDEN!«

Vinzent antwortete nicht. Er tat nicht mal so, als würde er schlafen oder so. Nein. Er lag einfach unten im Stockbett und starrte mich durch meine Matratze hindurch an.

Und das Dumme war – ich brauchte ja seine Hilfe. Also sagte ich: »Willst du heute vielleicht mal oben schlafen?«

Aber selbst das zog jetzt nicht. Obwohl Vinzent seit einem Jahr immer wieder davon anfing: wie ungerecht das sei, dass immer er unten schlafen musste!

Ich seufzte ein bisschen lauter als nötig. »Weißt du was?«, sagte ich. »Wenn du unbedingt willst – hier hast du deine fünf Euro!«

Ich zupfte den Geldschein aus der Ritze zwischen Bettgestell und Matratze und ließ ihn auf Vinzents Bettdecke segeln. »Du musst dich nicht bedanken. Ich bin ja selber schuld. Ich hätte dir das gar nicht erst anbieten dürfen. Du bist ja erst acht. Da kannst du nichts dafür. Ich hätte wissen müssen, dass Schlumpfine zu clever für dich ist. Also kauf dir einfach was Schönes für die fünf Euro.«

Ich fing an zu zählen und kam gerade mal bis zwei. Da sagte Vinz: »Stimmt überhaupt nicht!«

Ich hatte ihn am Haken. »Was?«, fragte ich, als wüsste ich nicht, was er meinte.

»Stella ist vielleicht zwei Jahre älter. Trotzdem ist sie immer noch ein Mädchen, die hat keine Chance gegen mich. Wollen wir wetten?«

»Nee, lass gut sein, Vinz, ist ja auch nicht so schlimm.« Ich seufzte besonders mitfühlend. »Außer du willst immer noch Polizist werden. Ich fürchte nämlich, das ist vielleicht doch nicht der richtige Beruf für dich.«

»*Wieso das denn?*«, fragte Vinz empört.

»Na ja, so, wie du dich heute angestellt hast – da lassen sie dich bei der Polizei höchstens die Ampeln schrubben.«

Ich konnte fast hören, wie es in Vinzents Kopf anfing zu brodeln. Schließlich sagte er: »Als Polizist kommt's darauf an, dass man was im Kopf hat!«

»Na gut, wenn du meinst«, antwortete ich. »Dann schauen

wir doch mal, ob da was drin ist bei dir. Ich stell dir eine ganz einfache Frage. Also: Ein Mädchen wird von seiner Mutter in den Sommerferien in ein Zeltlager geschickt. Das Zeltlager ödet sie total an. Einen Tag später darf sie plötzlich wieder nach Hause. Was ist passiert?«

»Sie ist krank geworden?«

»Mhm? Nein.«

»Wo ist dieses Zeltlager?«

»In den Bergen.«

»Sie ist abgestürzt? Beim Bergsteigen. Und musste ins Krankenhaus?«

»Ich hab gesagt, *nach Hause* – nicht nach *Krankenhause*.«

»Dann ist sie von den Betreuern nach Hause geschickt worden, weil sie sich danebenbenommen hat.«

»RUHE DA DRINNEN!«, kam es von Papa aus dem Badezimmer. »JETZT WIRD GESCHLAFEN!«

»Nee«, flüsterte ich Vinz zu, dann rief ich Richtung Zimmertür: »'tschuldigung. Hab dich lieb, Papa!«

»MHM!«, brummelte Papa draußen. »ICH DICH AUCH.«

Vinzent lehnte sich über die Bettkante und flüsterte nach oben: »Dann musste das Zeltlager abgebrochen werden. Weil irgendwas passiert ist. Wie heißt das noch mal? Wenn es ein Erdbeben gibt oder einen Tornado oder so was?«

Die Tür ging plötzlich auf, und Licht fiel aus dem Flur in unser Zimmer, sodass unser Vater wie ein Schatten vor uns stand.

»Jetzt hört mal zu, Freunde! Wenn ich sage: ›Ruhe‹, dann heißt das *Ruhe*! Hab ich gesagt: ›Lärm da drinnen‹? Nein! Ich hab gesagt: ›Ruhe da drinnen‹! Also seid jetzt endlich ruhig! Wenn ich noch einmal hier reinkommen muss, gibt's morgen Medienverbot. Für beide! Habt ihr mich verstanden?«

»Ja, Papi, ’tschuldigung«, sagten Vinz und ich fast gleichzeitig.

»Gut«, brummelte Papa. »Hab euch lieb!« Dann zog er die Tür hinter sich zu und verschwand wieder im Flur.

Fünf Sekunden später sagte Vinz: »Höhere Gewalt! Das ist es.«

Ich lächelte. »Weißt du was, Vinz? Das mit dir und der Polizei – das wird vielleicht doch noch was.« Ich drehte mich auf die Seite und schloss die Augen.

Und als ich Vinzents katzenhaftes Schnarchschnurren hörte, schlief ich auch ein.

KAPITEL 6

Am nächsten Morgen ging ich nur mit einem Rucksack zur Schule, wir hatten Wandertag. Was bei Frau Gern, unserer Lehrerin, bedeutete, dass wir zur nächsten U-Bahn-Station wanderten. Dann fuhren wir ins Theater. Im Sommer. Bei achtundzwanzig Grad. Während die 4b ins Freibad durfte!

Gut, das hatte auch nicht viel mit Wandern zu tun. Aber Theater wohl noch weniger, oder?

Und auch noch Kindertheater! Wo die meiste Zeit so opernmäßig gesungen wurde, als wären wir total plemplem, nur weil wir noch keine vierzig waren. Ich sag's euch – zum Glück gibt's Ohrstöpsel.

Zehn Minuten nach Vorstellungsbeginn hielt ich es trotzdem nicht mehr aus. Ich krümelte etwas Pausenbrotpapier zusammen und schnippte es Schlumpfine in den Nacken, sie saß zwei Reihen vor mir. Beim dritten Treffer drehte sie sich endlich um. Ich deutete mit einer Kopfbewegung in Richtung Notausgang.

Doch Stella machte nur ein Gesicht, als hätte sie ihr Gehirn über Nacht im Kühlschrank gelagert und morgens vergessen, es wieder reinzutun. Also zeigte ich mit einer Hand auf die grün-weiße Notausgang-Leuchte, während ich mit Mittel- und

Zeigefinger der anderen Hand eine Wegrenn-Bewegung machte. Aber sogar das half Stella nicht auf die Sprünge.

Ich stand also auf und *schlich* zum Notausgang – und da
breitete sich endlich so etwas wie Verständnis auf Stellas Gesicht aus. Sie schaute sich nach Frau Gern um. Aber die starrte
ganz versunken auf die Bühne und Stella schlich sich ebenfalls
aus ihrer Sitzreihe.

Dann zog ich die Notausgangstür auf und draußen schnell
wieder hinter mir zu.

»Ist dir was
eingefallen?«,
fragte Stella.

Ich nickte,
sagte aber erst
mal nichts. Wir
standen jetzt in
einer Durchfahrt hinter dem Theater.

»Und was?«, wollte Stella genervt wissen, weil ich ihr die
Antwort nicht sofort auf einem goldenen Teller servierte.

»Woher weiß ich, dass du dein Versprechen auch hältst?«,
fragte ich. »Dass du auf eine andere Schule gehst als ich?«

Stella schaute mich an, als müsste sie gleich ihr Zimmer aufräumen. »Glaubst du, *ich* hab Lust, noch mal in dieselbe Schule
wie du zu gehen?«

Damit hatte ich zwar nicht gerechnet – aber ein besserer

Grund, ihr Versprechen zu halten, wäre mir an ihrer Stelle wohl auch nicht eingefallen. Also sagte ich: »Gut. Wie wär's, wenn ich dafür sorge, dass dein Ferienlager abgebrochen wird?«

Stella schenkte mir nicht mal den Hauch eines dankbaren Lächelns. »Hä? Ich will nicht, dass es abgebrochen, sondern dass es abge*sagt* wird!«

Mädchen, echt. Immer was zu meckern! »Überleg doch mal«, sagte ich. »Wenn das Zeltlager gar nicht erst stattfindet, denkt sich deine Mutter bestimmt eine andere Strafe aus. Ein, zwei Tage musst du da schon aufkreuzen.«

»Mhm-rrr«, grummelte Stella. Dann sagte sie: »Okay. Find ich blöd, aber red weiter!«

Das tat ich. »Am ersten Tag rufst du deine Mutter an und sagst, wie schön es ist, vor allem die Lieder am Lagerfeuer, und dass du jetzt auch auf Jesus stehst und gerne getauft werden willst, wie all die anderen netten Kinder dort.«

»Was?! Spinnst du?«

»Jetzt lass mich doch mal ausreden! Am zweiten Tag dann ereignet sich etwas ganz Furchtbares und das Zeltlager muss abgebrochen werden. Du darfst wieder nach Hause. Dort machst du einen auf total geschockt. Deine Mutter ist froh, dass dir nichts passiert ist. Und um es wiedergutzumachen, dass sie dich überhaupt erst in Gefahr gebracht hat, darfst du die restlichen Ferien bestimmt tun, was du willst.«

»Und dann? Lässt sie mich taufen, oder wie?«

»Nein! Du sollst am Telefon nur sagen, dass dir das Zeltlager gefällt – damit deine Mutter nicht auf die Idee kommt, dass *du* hinter der Sache steckst.«

»Da bin ich ja froh – ich hab schon gedacht, das mit der Taufe gehört auch zu deinem Plan.« Wieder grummelte Stella, aber nur noch halb genervt. Dann fragte sie: »Und was für ein furchtbares Ereignis soll das sein, weswegen ich wieder heim darf?«

»Das muss ich mir erst noch überlegen«, antwortete ich.

»Ich dachte, das hast du schon!«

»Hey! Ich hab mir was einfallen lassen. Nämlich dass etwas Furchtbares passiert.«

»Das ist doch noch keine Idee.«

»Natürlich ist das eine Idee!«, sagte ich.

»Das ist noch nicht mal die Überschrift von einer Idee!«

Es war echt unglaublich. So eine Bitch! Ich sagte: »Du bist auch nicht gerade hilfreich! Alles, was ich von deinem blöden Ferienlager weiß, ist, dass es in den Bergen stattfindet und dass es dort Zelte gibt. Aber wo genau es stattfindet, wie es da ausschaut, was da sonst noch so los ist, wer alles mitmacht … Du könntest mir schon noch ein paar genauere Infos liefern! Dann kriegst du auch eine *richtige* Idee von mir!«

Danach war Stella erst mal still. Ich hielt das für ein gutes Zeichen. War es aber nicht. Denn schließlich sagte sie: »Hast du dich hier eigentlich mal umgeschaut?«

»Hä?« Ich hatte keine Ahnung, worauf Stella hinauswollte. Wir waren aus der Durchfahrt zur Straße gegangen und standen jetzt an der Kreuzung vor dem Theater. Gegenüber war ein Wochenmarkt. Eine Straßenbahn fuhr gerade los. Ein Feuerwehrauto bog in die Garage des Feuerwehrhauses, an dem wir auf dem Weg hierher vorbeigekommen waren.

»Siehst du hier irgendwo Berge?«, fragte Stella.

»Nein«, antwortete ich. »Natürlich nicht.«

»Gut. Dann weißt du sicher auch, warum. Hier gibt's nämlich keine!«

»Ja und?«

Stella stöhnte. »Wie willst du denn dafür sorgen, dass das Zeltlager abgebrochen wird – wenn es in den Bergen stattfindet, du aber überhaupt nicht in den Bergen bist?«

»Oh«, sagte ich.

Gute Frage.

KAPITEL 7

Mittags kochte Papa mal wieder ein »gesundes Männeressen«, was sich zwar an sich schon widersprach, aber wenigstens gab es diesmal Zucchini-Karotten-Bratlinge. Das klingt jetzt ziemlich furchtbar, schmeckt aber zum Glück nicht so. Die eigentliche Ungerechtigkeit war nur, dass Mama sich wahrscheinlich gerade einen Burger am Imbissstand neben ihrer Gärtnerei reinzog. Trotzdem sparte ich mir heute ausnahmsweise mein Gemecker, sonst würde ich Papa nie auf meine Seite kriegen. Ich setzte mich also zu Vinzent an den Tisch und fragte: »Was machen wir denn in den Sommerferien?«

»Dasselbe, was wir letztes Jahr gemacht haben – nach Kroatien fahren«, sagte Papa, während er die Bratlinge wendete, wobei er einen Sprung zur Seite machte, um dem spritzenden Bratöl auszuweichen.

Ich stöhnte, als wäre gerade der Fernseher kaputtgegangen. »Immer fahren wir ans Meer, echt! Können wir zur Abwechslung nicht mal in die Berge fahren?«

»Wir fahren jeden Winter in die Berge. Zum Skifahren«, sagte Papa.

»Ja, aber im Winter ist es da immer so kalt. Ich würde auch

gerne mal im Sommer in die Berge fahren, wo man sich nicht gleich den Arsch abfrier...«

»Ausdrucksweise!«, unterbrach mich Papa.

Gleichzeitig trat mir Vinzent unter dem Tisch gegen das Schienbein. »Was soll das denn? Ich will ans Meer!«

Ich machte Vinz ein Zeichen, dass er mir nicht dazwischenfunken sollte – indem ich ihm auch ans Schienbein trat. »Immer ans Meer, ans Meer, ans Meer! Das ist doch langweilig.«

»Vor zwei Jahren waren wir nicht am Meer«, sagte Papa am Herd, »und wer hat da eine Woche lang geheult? Du!«

»Stimmt überhaupt nicht«, sagte ich. »Ich hatte höchstens was im Auge. Ich will halt auch mal woanders hin. Ist das so schlimm?«

Anscheinend schon, denn Vinzent verpasste mir wieder eine Breitseite ans Schienbein. »Au!«

»Jetzt hört endlich auf damit, das nervt!«, sagte Papa und schaufelte uns die Bratlinge auf die Teller.

»Wenn wir nicht ans Meer fahren, komm ich nicht mit«, sagte Vinzent und fing an zu essen.

Ich schnappte ihm die Ketchupflasche weg. »Dann bleibst du eben zu Hause und verhungerst!« Diesmal wich ich unter dem Tisch geschickt aus, sodass Vinz aus Versehen Papas Schienbein traf.

»Au! Jetzt reicht's aber! Hört endlich auf mit dem Scheiß!«

»Ausdrucksweise«, murmelte Vinzent, aber da wedelte Papa

schon mit dem Zeigefinger vor seiner Nase herum. »Und du, Freundchen«, sagte er zu Vinz: »Mach das noch ein Mal, und wir fahren nicht nur in die Berge, sondern auf den Mount Everest, ist das klar?!«

Da fing Vinzent natürlich an zu heulen. Er pfefferte die Gabel auf seinen Teller und stand auf.

»Dann verhunger ich eben!«, sagte er und knallte die Küchentür hinter sich zu.

»Oh Mann«, stöhnte Papa. »Ihr macht mich echt wahnsinnig.«

»Und was ist jetzt mit den Bergen?«, fragte ich.

»Das muss ich erst mit Mama besprechen.«

Ich nickte. Mama kam erst am Abend nach Hause. Ich hatte also noch ein bisschen Zeit.

Die brauchte ich auch, weil ich noch *Werken und textiles Gestalten* hatte. Es war der letzte Nachmittagsunterricht vor den Sommerferien, und während die anderen sich einen Film anschauen durften, musste ich noch meinen Eierwärmer fertig stricken.

Was okay war, denn der Film war Babykacke. Er handelte von einer Katze, die sprechen konnte, aber sonst total blöd war und immer alles kaputt machte – was ja wohl überhaupt keinen Sinn ergibt. Im echten Leben wäre jede Katze, die sprechen kann, mindestens so klug, dass sie die Weltherrschaft an sich reißen könnte – aber nein, das hier war ja ein Film *für Kinder*, die kann man ruhig für blöd verkaufen. Nein, danke.

Da hantierte ich doch lieber mit meinen Strickstangen, oder wie diese Dinger hießen, und überlegte mir dabei, ob Chinesen vielleicht besonders gut stricken können, weil sie ja immer mit Stäbchen essen. Allerdings kam ich da zu keinem Ergebnis, weil vorher die Tür aufging. Schlumpfine stand vor mir.

»Na, wie läuft's?«, fragte sie. Dann fiel ihr Blick auf mein Strickzeug. »Was wird *das* denn?«

»Na, was wohl?«, sagte ich. »Ein Eierwärmer.«

»Für Elefanteneier?«

»Elefanten legen keine Eier.«

»Dann hast du ja Glück gehabt, denn das Ding will garantiert keiner haben!« Sie deutete auf die Ansammlung von Wollknoten, die ich gerade fabrizierte.

»Ach ja? Dann zeig doch mal, wie gut *du* stricken kannst!« Ich hielt ihr mein Strickzeug hin – aber Stella lachte nur.

»Glaubst du, auf den Trick fall ich rein? Wenn du wissen willst, wie

48

gut ich stricken kann, musst du nur in die Glasvitrine vorm Direktorat schauen. Da ist nämlich *mein* Eierwärmer ausgestellt.«

»Ach, als abschreckendes Beispiel, oder wie?«

»Ha, ha, ha«, gähnte Stella und drückte mir einen Prospekt in die Hand. »Hier hast du was zu lesen – oder kannst du das auch nicht?«

»Nicht, wenn ich gerade stricke.«

Stella seufzte. »Komm, gib her! Das kann man ja nicht mitansehen.«

Stella nahm mir mein Strickzeug ab und strickte in Lichtgeschwindigkeit meinen Eierwärmer weiter. Dabei sagte sie:

»Das ist die Broschüre von dem Zeltlager. Die Sankt-Ursula-Kirche organisiert das. Es findet in Kärnten statt.«

»Wo liegt das denn?«

Ich blätterte mich durch die bunten Fotos von Bergen, Zelten und lachenden Kindern, die schnitzten, angelten oder überm Lagerfeuer Würstchen grillten. Was wohl hieß, dass das mit dem Angeln dann doch nicht so richtig geklappt hatte.

»In Österreich, du Dummi.«

»Ich hab dir doch schon mal gesagt, nenn mich nicht Dummi!«

»Wer nicht weiß, wo Kärnten liegt, ist aber einer. Da steht auch die genaue Adresse drin. Du wolltest doch Infos haben.«

»Ja, ja«, brummelte ich und las den Text auf der Rückseite der Broschüre. Da war viel von Zusammenhalt, Naturerfahrung und Selbstvertrauen die Rede. Und von Gott. Es war so ein Erwachsenentext, bei dem man aufpassen musste, dass einem nicht die Haare ausfallen vor Langeweile. Ich steckte die Broschüre in meinen Schulranzen. »Wie ist eigentlich der Film?«

Stella verzog das Gesicht. »Totaler Mist«, sagte sie und reichte mir meinen fertigen Eierwärmer.

Nachdem ich meinen Schulranzen zu Hause abgeliefert und meine Computerspielzeit um nur eine Minute überzogen hatte, stieg ich aufs Rad und fuhr zur Gärtnerei meiner Mutter. Vinzent wollte nicht mitkommen, weil ihm Radfahren zu anstrengend war, aber das war mir nur recht.

Sonst hätte ich mir wieder einen stundenlangen Vortrag anhören müssen zum Thema »Sicherheit im Straßenverkehr und die tausend Möglichkeiten, wie man seinen kleinen Bruder in Gefahr bringen kann« – und das von meinem Vater, der selber nie einen Helm aufsetzte. Weil seine Frisur danach immer aussah wie bei einem Stofftier, das aus Versehen in der Waschmaschine gelandet war.

Also radelte ich alleine an der Sankt-Ursula-Kirche vorbei und dann an der großen Kreuzung rechts immer an den Straßenbahnschienen entlang bis zur Burger-Bude. Dort stellte ich mein Rad in den Fahrradständer. Die Gärtnerei war nur eine Einfahrt weiter. Mama kniete gerade im Kräutergarten und stach Schnittlauchbüschel aus, die sie in Töpfe umpflanzte. Sie lächelte, als sie mich sah. »Ach, das ist ja nett!«

»Ich hab mir gedacht, ich besuch dich mal wieder«, sagte ich, als wollte ich nur mal so vorbeischauen. Was natürlich nicht ganz stimmte – aber es war auch nicht total gelogen, weil ich wirklich gerne hierherkam. Ich liebe den Geruch in der Gärtnerei, oder besser gesagt, die vielen Gerüche dort: nach frischer Erde, gemähtem Gras, Kräutern, Beeren, Blumen. Nur dem Schuppen mit den Düngemitteln darf man nicht zu nahe kommen, sonst kriegt man einen Naseninfarkt.

»Wo ist denn Onkel Jakob?«, fragte ich. Das ist Mamas Bruder, der – wenn er gerade in Deutschland ist – auch hier arbeitet.

»Macht Pause«, sagte Mama und deutete auf den alten Wohnwagen, der ihr als Büro und Aufenthaltsraum dient. Der allein ist schon ziemlich cool. Man kann prima Alien-Kampf darin spielen und so tun, als ob man auf der Flucht wäre – und wenn man Hunger hat, muss man sich saugefährlich raus- und rüber zu den Beerenbüschen schleichen, wo man sich dann mit Johannisbeeren, Himbeeren, Brombeeren und Stachelbeeren eindecken kann.

Es gibt auch ein paar Apfelbäume, auf denen man sich gut vor den Aliens verstecken kann, weil die zum Glück eine Apfel-Nuss-Allergie haben. Und wenn sie einem trotzdem gefährlich werden, kann man immer noch in Mamas *Toyota*-Pick-up springen und den als Raumschiff umfunktionieren.

Aber heute war ich nicht zum Spielen hier. Das macht sowieso mehr Spaß, wenn Vinz dabei ist. Nein, heute war ich hier, um meiner Mutter etwas von Mitterdorf in Kärnten zu erzählen – einem kleinen beschaulichen Ort an einem wunderschön klaren See, eingerahmt von majestätischen Bergketten. So stand das jedenfalls im Internet. Ich hatte meine ganze Computerspielzeit dafür geopfert, das rauszufinden.

Was nicht im Internet stand – weil ich es mir gerade ausgedacht hatte –, war, dass Familie Stolte-Nieben dort letztes Jahr Urlaub gemacht hatte. »Ach, echt?«, fragte Mama sofort spitz wie ein neuer Bleistift.

Familie Stolte-Nieben sind unsere Nachbarn von gegenüber. Meine Eltern sind total neidisch auf die. Alle Eltern im Viertel sind das. Also nicht nur auf das Geld und die Villa und die Autos. Sondern darauf, dass bei denen alles so perfekt ist. Das würden meine Eltern natürlich nie zugeben. Aber manchmal, wenn sie zufällig gerade vorm Haus stehen und Frau Stolte-Nieben und Herr Stolte-Nieben zu einem ihrer Segelausflüge oder Museumsbesuche aufbrechen, da kann man richtig sehen, wie es in Mamas und Papas Köpfen arbeitet. Wie schaffen die das nur? Bei Stolte-Niebens sieht das Leben so leicht aus. Wie in einer Fernsehwerbung. Sie sind die Vorzeigefamilie in unserer Straße, wahrscheinlich sogar in der ganzen Stadt. Frau Stolte-Nieben ist immer hübsch angezogen und hat für jeden ein nettes Wort übrig. Und Herr Stolte-Nieben verdient wahnsinnig viel Geld und fährt immer die tollsten Autos und ist trotzdem null arrogant und sogar fast noch netter als seine Frau.

Aber am schlimmsten sind die Kinder, Lasse und Feli. Die haben immer gute Noten und sind immer brav – und allein deswegen schon unsere Erzfeinde, also Vinzents und meine. Mama und Papa finden die ja toll. Weil die immer so höflich sind und grüßen und die Schuhe ausziehen, bevor sie irgendwo reingehen. Was mich betrifft, finde ich nur eines an den beiden toll: dass sie wenigstens nicht in meiner Klasse sind. Bei den Noten, die die kriegen, müssen sie wahrscheinlich nicht mal aufs Gymnasium, sondern gehen gleich auf die Universität.

»Ja«, sagte ich jetzt zu Mama. »Und der Urlaub muss der Hammer gewesen sein. Und gar nicht so teuer.«

Mama schnappte sich ihr Smartphone und ging auf die Karten-App. Normalerweise hätte ich jetzt gemeckert, weil meine Mutter sowieso viel zu oft mit ihrem Handy rummachte – während ich immer noch kein eigenes hatte. Aber heute sagte ich mal nichts. »Ach, das liegt ja fast auf dem Weg«, sagte meine Mutter.

»Wie, auf dem Weg?«, fragte ich scheinheilig.

»Nach Kroatien.«

»Ach ja?« Das war ja das Beste daran. Denn das hieß, dass Vinzent doch noch sein Meer kriegen würde. Und ich auch. Weil es natürlich völliger Blödsinn war, dass mich Meer auf einmal langweilte. Das hatte ich Papa ja nur erzählt, damit ich Stella endlich loswerden konnte.

Aber ganz überzeugt wirkte Mama noch nicht. Also trat ich ein bisschen aufs Gas und erzählte ihr von dem tollen Familienhotel, das es dort am See gab – mit den vielen Spielmöglichkeiten und dem Betreuungsangebot für Kinder: damit die Eltern es sich im Wellnessbereich gut gehen lassen können. Wellness war nämlich etwas, worauf meine Eltern total standen. Wobei »stehen« da eigentlich das falsche Wort ist, weil man ja die ganze Zeit nur rumsitzt oder -liegt: weil man entweder massiert wird oder sich in irgendwelchen Saunas einen abschwitzt. Dafür soll das Ganze aber ziemlich gesund sein. Außer für Kinder. Die würden dabei sterben vor Langeweile.

Dass sich dieses Familienhotel ganz zufällig in der Nähe des Zeltlagers befand, in das Stella geschickt wurde, davon sagte ich natürlich nichts. Auch das hatte ich in meiner Computerspielzeit herausgefunden – und einundsechzig Minuten *Minecraft* dafür geopfert.

»Und? Wär das nicht auch was für uns?«, fragte ich und setzte meinen besten Hundewelpenblick auf. »Also, wenn Frau Stolte-Nieben das so toll findet, ist das doch bestimmt super!«

Meine Mutter nickte leicht verträumt. Was ein gutes Zeichen war. Anscheinend machte sie gerade einen gedanklichen Probeurlaub in dem Hotel. Und sah sich danach schon als neue beste

Freundin von Frau Stolte-Nieben lachend Ferienerlebnisse austauschen.

Dann tauchte sie wieder in der Wirklichkeit auf und schaute mich an. »Und das hat dir alles Feli erzählt? Ich dachte, die magst du nicht.«

Mögen! Ich musste mich beherrschen, dass ich nicht anfing zu spucken. Ich schaffte es ganz knapp. »Ja, das dachte ich auch, aber die ist eigentlich total nett«, sagte ich unter Qualen. Doch es funktionierte, und meine Mutter strahlte wie der Abendstern, weil ich endlich mal ein Mädchen nett fand. (Angeblich!)

»Na dann …«, sagte sie – und ich konnte es schon spüren, ich war fast am Ziel. »Aber ich muss das erst noch mit deinem Vater besprechen.«

Man darf sich eben nicht zu früh freuen.

KAPITEL 8

»Okay, aber nur, wenn du auch wirklich den Mund hältst!«, sagte ich zu Vinzent. »Schaffst du das?«

»Ich versprech's dir, ehrlich, Ehrenwort!« Er schaute mich an wie ein Hündchen, das gerade ein Steak in meiner Hand entdeckt hatte – es fehlte nur noch, dass er anfing, mir die Finger abzuschlecken.

»Gut«, sagte ich. Dann hielt ich meinen Zeigefinger an die Lippen und Vinzent nickte. Ich machte das Licht aus, die Tür auf und wir schlichen gebückt zum Elternschlafzimmer. Die Tür dort war zu. Durch den Spalt am Boden fiel Licht in den Flur. Ich huschte daran vorbei und ging neben der Tür in die Hocke, während Vinz auf der anderen Seite der Tür blieb.

»Weißt du, wie teuer das ist?«, sagte Papa gerade.

»Ja, weiß ich«, antwortete Mama. »Aber für ein paar Nächte geht das schon. Außerdem ist mir das eh ganz recht, wenn wir die Strecke nach Kroatien nicht komplett an einem Tag fahren.«

»Trotzdem können wir uns das eigentlich nicht leisten«, sagte Papa.

»Dann wünsch ich es mir eben zum Geburtstag. Und zu

Weihnachten. Und du auch. Und meine Eltern legen bestimmt auch noch was drauf.«

»Ja, und dann darf ich mir wieder die Fragen von deinem Vater anhören, was ich eigentlich beruflich mache.«

Vinzent beugte sich vor der Tür zu mir rüber. »Was reden die denn da?«, fragte er. »Das ist ja total langweilig.«

»Hey!«, hauchte ich. »Leise!!« Ich hämmerte mit meinem Zeigefinger gegen meine Lippen.

Doch der Typ konnte einen wahnsinnig machen! Er sagte: »Aber ich versteh das nicht.«

»Dann geh halt ins Bett«, zischte ich.

»Da kann ich aber nicht mithören.«

»Du findest es doch langweilig!«

»Ja, aber vielleicht wird's ja noch besser!«

Oh Mann! Ich krabbelte zu Vinzent rüber und flüsterte ihm ins Ohr, dass sich unsere Eltern gerade darüber unterhielten, ob wir vor unserem Kroatienurlaub noch einen kleinen Abstecher in die Berge machen sollten oder nicht.

»Ach so«, sagte Vinz. »Also beides? Berge *und* Meer?«

»Ja, und jetzt halt bitte die Schnauze oder geh wieder ins Bett!«

»Ja, ist ja gut.«

Aber da war es schon zu spät. Die Schlafzimmertür war auf einmal offen und mein Vater stand über uns. »WAS MACHT IHR DENN HIER?!«

Ich fühlte mich ertappt, also sagte ich erst mal: »Äh …«

Und dann rettete mich Vinzent. »Wir können nicht einschlafen«, sagte er mit seinem Hundeblick. »Können wir noch ein bisschen kuscheln?«

»Nein, jetzt ist Schlafenszeit!«, sagte Papa. »Wir haben vorher schon gekuschelt!«

»Ach, bitte!«

Und dann war es so wie meistens: Papa sagte etwas und Mama sagte genau das Gegenteil. In diesem Fall: »Na, kommt her!« Und das ließen wir uns natürlich nicht zweimal sagen. Wir sprangen zu ihr ins Bett, während mein Vater stöhnend ins Wohnzimmer ging und dort wie jeden Abend vorm Schlafengehen die Anti-Einbrecher-Lampe anmachte.

»Wir fahren übrigens schon ein bisschen früher in den Urlaub«, sagte Mama weiter. »Weil wir nämlich noch einen Abstecher in die Berge machen!«

»Aber wir fahren auch ans Meer!«, sagte Vinzent.

»Na klar, Mäusebärchen«, sagte Mama.

»Und wir fahren echt nach Mitterdorf? In Kärnten?«, fragte ich, immer noch baff, dass mein Plan aufgegangen war.

»Ja«, sagte Mama. »Und weißt du, was das Beste ist? Deine Klassenkameradin Stella ist zu der Zeit auch da. Das hat Papa gerade im 4a-Mütter-Chat erfahren. Die ist da in einem ganz tollen Ferienlager. Von den Pfadfindern. Da ist man ganz viel in der Natur und nachts schläft man in Zelten! Toll, oder?«

»Ja«, sagte ich vorsichtshalber.
»Wow. Die hat's aber gut.«

»Aber jetzt haltet euch fest«, sagte Mama. »In dem Camp sind noch zwei Plätze frei!«

»WAS?! Ich mein – was?«

»Ist das nicht großartig?«, fragte Mama.

»Für wen denn?«, fragte ich zurück.

»Na, für euch«, sagte Papa und legte sich zu uns.

Aber da stand Vinz schon senkrecht und rot wie ein Weihnachtsapfel im Bett und war kurz davor, zu explodieren. Ich konnte ihn gerade noch rechtzeitig in unser Zimmer bugsieren. Dort sagte er: »Ich werd alles verraten! Dass du das nur machst, damit Stella aus diesem Zeltlager rausfliegt, weil sie nicht auf dieselbe Schule soll wie du!«

»Jetzt beruhig dich doch mal«, sagte ich.

»Beruhig dich doch selber!« Vinz schubste mich. »Ich muss jetzt mit irgendwelchen anderen Kindern im Zelt schlafen! Und Jesuslieder singen. Und aufpassen, dass dabei keine Giftschlange in meinen Schlafsack kriecht!«

»Hä? Wieso das denn?«

»In Österreich gibt's sogar Bären! Das haben wir in HSU gelernt. Also gibt's da sicher auch noch andere fiese Viecher!«

Ich seufzte. Mein Seufzer sollte sagen: *Komm mal wieder runter, ich hab alles im Griff!* Aber es half nichts, Vinz verstand keine Seufzer. Also deutete ich auf unser Stockbett und sagte: »Willst du heute vielleicht mal oben schlafen?«

Aber auch das half nichts, Vinz sagte: »Nein, danke!«

»Vinz. Das ist doch nur so eine Idee von Mama und Papa. Dass wir in dieses Zeltlager gehen. Morgen können die sich wahrscheinlich gar nicht mehr daran erinnern.«

»Ach ja?«, sagte Vinzent. »Die haben schon zwei Plätze für uns reserviert! Die *letzten* zwei Plätze! Aber vielleicht kannst du Mama und Papa ja hypnotisieren, damit sie das rückgängig machen. Ich hab nämlich keine Ahnung, wie du das sonst hinkriegen willst!«

Das wusste ich auch nicht. Aber irgendwas würde mir schon einfallen. Irgendwas fiel mir immer ein.

KAPITEL 9

Irgendwas MUSSTE mir einfach einfallen! Ich hatte ja auch keine Lust auf Zeltlager. Also schlich ich mich aus dem Zimmer und am dunklen Elternschlafzimmer vorbei zur Wohnungstür raus und runter in den Keller. Dort war es ziemlich gruselig in der Nacht – aber lange nicht so gruselig wie die Vorstellung, mit Stella in dasselbe Ferienlager zu gehen. Mal abgesehen davon, dass es dort erwachsene Betreuer gab! Wie sollte ich denn unter Daueraufsicht das Lager sabotieren?

Ich schloss unser Kellerabteil auf und suchte den Werkzeugkasten. Mit einem Schraubenzieher stach ich ein paar Löcher in die aufblasbaren Isomatten. Und den Umzugskarton mit unseren Schlafsäcken stellte ich vorsichtshalber in die feuchte Ecke, wo eine tropfende Wasserleitung aus der Mauer ragte. Ich hoffte, dass unsere Eltern uns mit nassen Schlafsäcken nicht ins Ferienlager schicken würden.

Aber ganz sicher war ich mir da nicht. Papa könnte auch so was sagen wie »Ach ist doch halb so wild. Ist doch Sommer!«. Zuzutrauen war ihm das.

Also tauchte ich am nächsten Tag nach der Schule wieder in der Gärtnerei auf. Ich hatte Glück: Meine Mutter musste sich um eine Kundin kümmern, die ihren Garten umgestalten wollte.

Onkel Jakob fand ich im Wohnwagen. Er grinste. »Na? Sind die Aliens mal wieder hinter dir her?«

»Nein«, sagte ich. »Schlimmer! Du musst mir einen Gefallen tun!«

Onkel Jakob runzelte die Stirn. »Und wieso *muss* ich das?«

»Na, weil du mein Onkel bist und ich dein Lieblingsneffe.«

»Aber Quentin ...« Onkel Jakob schaute mich ernst an. »Vinzent ist doch mein Lieblingsneffe.«

Das meinte er zwar nicht so – aber falls doch, sagte ich sicherheitshalber: »Den hab ich in meiner Gewalt. Ich lass ihn erst frei, wenn du mir hilfst.«

Onkel Jakob lachte. »Na, wenn das so ist ... Was brauchst du denn?«

Die Hilfsbereitschaft verschwand ziemlich schnell aus seinem Gesicht, als er hörte, was genau ich von ihm wollte.

»Ich soll bei den Pfadfindern anrufen und mich als dein Vater ausgeben?«

Ich seufzte. »Wenn *ich* das tun würde, merken die doch sofort, dass da ein Kind anruft!«

»Mhm«, machte Onkel Jakob.

Ein »Na klar!« wäre mir eindeutig lieber gewesen. Ich überlegte schon, welchen Erwachsenen ich noch um Hilfe bitten könnte. Aber in Sachen Streiche, Spickzettel und Notlügen war Onkel Jakob leider der Einzige, dem man vertrauen konnte.

Doch ich hatte Glück. »Auch wieder wahr«, sagte er schließlich und schnappte sich sein Handy. »Hast du die Telefonnummer?«

Hatte ich, aus dem Internet – wofür wieder fünf Minuten *Minecraft* draufgegangen waren. »Nicht vergessen, du heißt Martin«, sagte ich und gab ihm die Nummer von den Pfadfindern. »Also Papa heißt Martin. Nicht dass du dich mit deinem echten Namen meldest.«

»Keine Sorge, Chef. Das krieg ich gerade noch hin.« Er wählte und wartete.

Wahrscheinlich half er mir jetzt doch, weil er seine Schwester ärgern wollte, also Mama. Das hätte ich normalerweise zwar blöd gefunden – sie ist ja schließlich meine Mutter –, aber bei Onkel Jakob machte ich eine Ausnahme. Außerdem war es ja für einen guten Zweck.

Dann sagte Onkel Jakob in sein Handy: »Hallo. Hier spricht Martin Scherzer. Meine Frau hat gestern bei Ihnen zwei Plätze für das Zeltlager in Kärnten reserviert. Das würde ich gerne wieder stornieren.« Er horchte eine Weile und kratzte sich am Kopf. »Wie, aus welchem Grund?«

Oh Mann, die stellten Fragen! Ich klopfte Jakob auf den Arm, bis er mich anschaute – dann fasste ich mir an den Hals, ließ die Zunge aus dem Mund hängen und verdrehte die Augen.

Und Onkel Jakob sagte ins Handy: »Die Kinder sind plötzlich krank geworden, sehr ansteckend, die können auf keinen Fall mitkommen.« Er machte mir ein Daumen-hoch-Zeichen. Dann verabschiedete er sich noch und steckte sein Handy weg. »So, zufrieden?«

»Ja«, sagte ich erleichtert. »Danke!«

Meine Mutter kam natürlich trotzdem dahinter, dass der Anruf nicht echt war. Die Frau, mit der Onkel Jakob telefoniert hatte, hinterließ nämlich eine ziemlich beleidigte Nachricht auf unserem Anrufbeantworter zu Hause. So eine dumme Kuh, echt!

Mama versuchte zwar, die Stornierung wieder rückgängig zu machen – aber da war sie zum Glück schon zu spät dran. Die zwei reservierten Zeltlagerplätze waren inzwischen vergeben. Weswegen ich kurz in meinem Zimmer verschwand, um vor Freude in die Luft zu springen. Als ich wieder zurückkam, musterte Mama mich misstrauisch. »Weißt du, wer das gewesen sein könnte? Der da angerufen hat?«

Ich schluckte. Dann nickte ich und schaute zu Boden. Mein

Herz schlug auf einmal so heftig wie ein Presslufthammer. Es fiel mir nicht leicht, meine Mutter anzulügen. Aber an meiner Stelle hätte sie bestimmt dasselbe getan.

»Ja«, sagte ich und schickte einen »Ich-bin-selber-total-traurig-dass-das-mit-dem-Ferienlager-nicht-klappt«-Seufzer hinterher. »Das war bestimmt Stella. Wahrscheinlich wollte sie nicht, dass ich auch ins Ferienlager komme. Weil dann jeder denkt, sie wär in mich verliebt.«

»Oh«, sagte Mama mitfühlend.

Und ich: »Kann man ja verstehen. Mir hätte das zwar nichts ausgemacht. Aber für Stella wäre das ultrapeinlich gewesen ...«

Mama seufzte einen »Ach-schade«-Seufzer. »Na gut. Da kann man nichts machen. Dann müsst ihr halt mit ins Hotel. Hoffentlich wird das nicht zu langweilig für euch.«

»Ach«, sagte ich, »da gibt's doch Kinderbetreuung! Das wird bestimmt toll.«

Vor allem Vinzent fand es toll, als ich ihm davon erzählte. Der war so froh, weil er nun doch nicht mit anderen Kindern im Zelt schlafen und Jesuslieder gegen Giftschlangen singen musste, dass er mir sogar meinen 5-Euro-Schein zurückgeben wollte. Allerdings fand er ihn nicht mehr. Konnte er auch nicht.

Weil ich ihn mir schon längst zurückgeklaut hatte.

»Und dann?«, fragte Direktor Brandl.

Mir war, als würde ich aus einem Traum aufwachen. Ingrid, das Huhn auf meinem Schoß, war auch schon eingeschlafen. »Was dann?«, fragte ich zurück.

»Was ist dann passiert? Und woher hast du dieses Huhn?«

»Dazu komme ich noch.« Ich rieb mir das Gesicht. »Als Nächstes brauchten wir einen Namen für unsere Aktion.«

Direktor Brandl starrte mich an, als wäre ich plötzlich krank geworden. Dabei hatte ich doch gar nichts Schlimmes gesagt. Komisch. Aber so sind Erwachsene ja oft – also, komisch meine ich. »Was?!«, zischte Brandl.

»Im Krieg ist das doch auch so. Da heißt das dann Operation Wüstensturm oder Schattenjäger. Hat mir mein Onkel erklärt, der war bei der Bundeswehr.«

Ingrid war nun auch wieder wach und sagte: »Gack. Gack-gack.«

Direktor Brandl nahm seine Brille ab. Er schien kurz zu überlegen, ob er sie in seiner Hand zerquetschen oder an die Wand pfeffern sollte. Aber dann legte er sie doch lieber in ein Etui.

Ich sagte weiter: »Wir wollten unbedingt was Englisches nehmen. Weil das cooler klingt. Aber in der Grundschule lernt man in Englisch ja nur Gemüsesorten und Farben und so was …«

»Quentin!«, bellte Direktor Brandl. »KOMM! ENDLICH!! ZUR SACHE!!!«

Auch das war mal wieder typisch Erwachsene! Erst Fragen stellen und dann ungeduldig werden, wenn man höflich antwortet.

ZWEITER TEIL

Operation Red Strawberry

KAPITEL 10

Beim Direktor fasste ich mich etwas kürzer – erstens wurde er ja eh schon ungeduldig, und zweitens reichte es, wenn er mich von der Schule warf. Ich wollte nicht riskieren, dass er auch noch die Polizei rief. Aber euch erzähle ich die ganze Geschichte.

Unser Vater weckte uns um fünf. Wir fuhren immer so früh in den Urlaub. Wenn man nach Kroatien wollte, war das super. Dann hatte man auch nach zehn Stunden Fahrt immer noch was vom Tag, wenn man angekommen war.

Nur wollten wir gar nicht nach Kroatien. Also noch nicht, erst nächste Woche. Jetzt fuhren wir erst mal nach Kärnten, und weil man dafür bloß *drei* Stunden brauchte, standen wir schon um halb neun im Hotel am Millstädter See – obwohl wir erst um fünfzehn Uhr in unsere Zimmer durften. Mein Vater war total genervt deswegen. Und meine Mutter war genervt, weil mein Vater genervt war.

Deshalb sagte ich: »Dann geht doch in die Sauna! Darauf habt ihr euch die ganze Zeit gefreut. Wenn ihr fertig seid, gibt's wahrscheinlich schon Mittagessen. Und danach können wir auch in unsere Zimmer.«

Meine Eltern schauten mich an, als hätte ich gerade die Tür erfunden. Keine Ahnung, warum Erwachsene so scharf auf Saunas sind. Ich mag es ja auch gerne warm, aber neunzig Grad Celsius find ich dann doch etwas übertrieben.

Aber Erwachsene sind eben ein bisschen plemplem. Doch das hat ja auch Vorteile. Jetzt zum Beispiel: Wenn wir unsere Eltern in der Sauna geparkt hatten, könnten Vinz und ich uns ungestört an die Arbeit machen. Schlumpfine wartete sicher schon ungeduldig.

Die Frau an der Rezeption konnte anscheinend Gedanken lesen, denn sie reichte Mama und Papa bereits zwei Bademäntel über die Theke. »Und ihr?«, fragte Mama mit leicht schlechtem Gewissen.

»Ach, kein Problem! Habt ihr da draußen den tollen Kinderspielplatz gesehen?«, sagte ich. »Uns wird bestimmt nicht langweilig!«

Und schon waren unsere Eltern im Wellnessbereich verschwunden.

»Okay«, sagte Vinz. »Dann ab in die Hüpfburg!«

Er wollte schon losrennen, aber ich hielt ihn am Arm fest. »Vinzent, wir sind nicht zum Spielen hier!«

»Oh, stimmt.«

Ich schnappte mir das Handy meiner Mutter aus ihrer Reisetasche und suchte mit der Karten-App das Pfadfinder-Zeltlager.

»Steck das lieber zurück«, sagte Vinzent. »Mama wird total sauer, wenn du ohne zu fragen ihr Handy nimmst.«

»Deswegen mach ich's ja auch heimlich – dann muss sie sich nicht aufregen.«

»Trotzdem, ich weiß nicht ...«

»Vinz, jetzt hör mal auf, ja! Wenn Mama und Papa mir endlich ein eigenes Handy kaufen würden, hätten wir das Problem nicht. Aber nein, die haben ja ihre blöden Smartphone-Regeln!«

Eigentlich war es nur *eine* Regel: Smartphones kriegen unsere Kinder erst in der fünften Klasse. Das Gemeinste daran war, dass unsere Eltern auch noch behaupteten, sie würden uns einen Gefallen damit tun. Dabei war das megapeinlich für mich. Mehr als die Hälfte meiner Klassenkameraden hatten schon ein eigenes Smartphone – manche sogar schon seit der zweiten Klasse. Und ich? Mir blieb nichts anderes übrig, als den Smartphone-Kindern zu sagen, wie gefährlich die Dinger waren: wegen der Strahlung, von der man, keine Ahnung, Ohrenkrebs bekam – oder zeugungsunfähig wurde, wenn man sie in der Hosentasche mit sich rumtrug.

»Wir müssen eigentlich nur am See entlanggehen«, sagte ich zu Vinz und steckte Mamas Handy extra in die hintere Hosentasche. Mein Po würde mit der Strahlung schon fertigwerden.

Zehn Minuten später standen wir vor dem Pfadfinderlager. Die Zelte waren auf einer großen Wiese nicht weit vom See aufgebaut: zwei große Tipis als Schlafzelte für die Kinder, dazu ein noch größeres Küchenzelt und eines für die Ausrüstung. Daneben gab es noch mehrere kleine Zelte, in denen vermutlich die Betreuer schliefen.

Auf der anderen Seite des Lagers war ein Waldstück. Von da ging es steil einen Hang hinauf, wo ein paar Pferde und Kühe grasten. Und dahinter war schon der erste Berg.

»Warum ist hier denn niemand?«, fragte Vinz.

Das Zeltlager war menschenleer. »Wahrscheinlich machen die einen Ausflug«, sagte ich. »Umso besser. Dann können wir in Ruhe rumschnüffeln.« Ich kletterte über den Zaun.

»Wenn wir Dynamit hätten, könnten wir den Berg in die Luft sprengen«, meinte Vinzent und folgte mir. »Dann müssten die das Zeltlager garantiert dichtmachen.«

»Wir haben aber kein Dynamit«, sagte ich. »Und wir wollen auch niemanden umbringen.«

»Hast du 'ne bessere Idee?«

»Ja. Eis essen! Oder murmeln. Wir könnten auch Mathe lernen. So ziemlich alles auf der Welt ist eine bessere Idee, als hier irgendwelche Berge in die Luft zu jagen!«

Vinzent blieb stehen und verschränkte die Arme vor der Brust. »Gut, dann sag ich halt nichts mehr!«

»Vinz, so hab ich das doch nicht gemeint. Natürlich ist das mit dem Dynamit die beste Idee bisher. Aber es ist auch die einzige. Vielleicht fällt uns ja noch was anderes ein?«

Mann, war der empfindlich!

Aber zum Glück nicht sehr lange: Vinz faltete seine verschränkten Arme wieder auseinander. »Vielleicht irgendwas mit Strom?«, sagte er. »Wo sind denn die Toiletten? Wenn wir die unter Strom setzen ...«

»Also, Klo ist schon mal gut«, unterbrach ich ihn nett, damit er nicht gleich wieder beleidigt war. »Wenn die hier nicht aufs Klo können, müssen die das Zeltlager auf jeden Fall zumachen. Aber Strom? Das kann leider tödlich sein, Vinz. Und es wäre doch besser, wenn niemand bei der Aktion stirbt, oder? Vielleicht können wir die Klos ja verstopfen? So, dass man sie nicht gleich wieder reparieren kann.« Ich schaute Vinzent an, der ein nachdenkliches Gesicht machte.

Dann sagte er: »Die Hälfte der Idee war von mir!«

»Einverstanden«, antwortete ich und wir machten uns auf die Suche. Doch es gab weder ein Klozelt noch Chemieklos auf dem Zeltplatz. Nur ein pfeilförmiges Schild aus ausgeblichenem Holz, auf dem WC stand. Dem folgten wir in das Waldstück.

Was wir dort fanden, war ganz schön eklig. Vor allem roch es ziemlich eklig. Als wir vor dem Donnerbalken standen, tat mir Schlumpfine fast schon leid. Und das will was heißen.

Vinz sagte: »Wääh! Die machen alle in das Loch hier? Und jeder kann dabei zuschauen?«

Ich sagte: »Sieht so aus, ja.«

»Und was ist, wenn man mal ganz dringend muss und da sitzt schon jemand?«, fragte Vinz.

»Na ja, dann setzt man sich wohl daneben. Platz ist ja genug auf dem Balken.«

»Nee, oder?!« Vinz war fassungslos. Kacken ist für ihn eine heilige Angelegenheit. Bei ihm dauert eine Sitzung mindestens zehn Minuten. Meistens nimmt er sich auch was zu lesen mit und zündet eine Kerze an – angeblich gegen den Geruch, aber ich glaub ja, dass er es *mit* Kerze einfach gemütlicher findet.

»Frag mich nicht!«, sagte ich. »Ich hab das Ding nicht gebaut ...«

Bevor wir würgen mussten, gingen wir zurück zum Seeufer, wo man wieder durchatmen konnte. Vinz sagte: »Also, wenn Kacke brennt, könnten wir die Sickergrube anzünden. Wollen wir's mal ausprobieren?«

»Und einen Waldbrand auslösen?« Ich schüttelte den Kopf. »Nee. Zu gefährlich!«

Vinzent warf mir einen genervten Blick zu. »Mecker, mecker, mecker! Kannst du auch noch was anderes?«

»Sagt ausgerechnet der Umweltschützer, der gerade den Wald abfackeln wollte!«

»Ich bin Globalisierungsgegner!«, sagte Vinzent.

»Ist doch dasselbe«, antwortete ich.

»Ist es nicht!«, sagte Vinz.

»Ach ja, dann erklär mir doch bitte mal den Unterschied!«

Vinzent schnaufte wie eine alte Dampflok und schüttelte dabei den Kopf. »Manchmal frag ich mich wirklich, wie du die vierte Klasse geschafft hast! Globalisierungsgegner sind gegen die Globalisierung und Umweltschützer schützen die Umwelt. Sagt doch schon der Name!«

Danach stöhnte ich zur Abwechslung mal ein bisschen. »Vinz? Hast du dich mal gefragt, *warum* Globalisierungsgegner gegen die Globalisierung sind? Weil die nämlich den Armen und der Umwelt schadet! Also sind sie auch Umweltschützer! Das ist wie bei *Pepsi* und *Coca-Cola*. In beidem ist Cola drin! Okay?«

»Mhm!«, machte Vinzent und setzte sich auf die Parkbank am Ufer. »Dann bin ich eben beides!«

Ich hockte mich neben ihn. Wir schauten auf den See. Nach einer Minute wurde das langweilig.

»Ich glaube, wir müssen mal zurück zum Hotel«, sagte ich. »Es gibt gleich Mittagessen.«

Vinzent seufzte. »Ich hab immer noch den Kackegeruch in der Nase.«

»Ja. Hoffentlich gibt's keine Würstchen!«

»Oder Cevapcici!« Vinz grinste. »Mit Bolognese-Soße!«

»Mhm!«, machte ich. »Und dazu einen schönen leckeren lauwarmen Apfelsaft!«

Wir standen auf und spazierten los. Aber als wir am Hotel ankamen, parkte unser Auto nicht mehr in der Einfahrt. Unsere Koffer standen auch nicht mehr vor der Rezeption. Und die Frau, die dort arbeitete, redete gerade mit einem Erwachsenen, was bedeutete, dass *wir* für sie unsichtbar waren.

»Was machen wir denn jetzt?«, fragte Vinzent.

»Sehen wir mal in der Sauna nach!«

Vinz schaute mich an, als hätte er in eine Zitrone gebissen. »Da sind lauter nackte Erwachsene! Das ist ja noch schlimmer als die Kacke im Wald!«

»Auch wieder wahr«, sagte ich.

Also gingen wir in den Speisesaal. Dort fanden wir unsere Eltern zwar auch nicht – dafür war aber ein Tisch für unsere Familie reserviert. Dort setzten wir uns und bestellten schon mal zwei Cola, bevor Papa uns das verbieten konnte. Und dann hatten wir einfach Pech. Ich war jedenfalls nicht an der Sache schuld ...

Der Kellner führte ein altes Ehepaar an den Nebentisch. Und mit »alt« meine ich mindestens zweihundert. Bei der Frau fingen die Haare schon an zu schimmeln, die waren nämlich blau, fast schon lila. Und der Mann musste noch älter sein, der hatte nämlich gar keine Haare mehr.

Natürlich hab ich überhaupt nichts gegen Alte. Zum Beispiel Oma und Opa, die sind eins a! Oder der Hausmeister an der Grundschule, der ist ja auch schon mindestens vierzig. Und trotzdem ein super Typ. Wenn der uns am Wochenende beim Heimlich-Bolzen auf dem Schulsportplatz erwischt, dann spielt der einfach mit! Aber die beiden Alten am Nebentisch – die waren von der Sorte, um die man am besten einen großen Bogen macht. Was natürlich schlecht geht, wenn man am Nebentisch sitzt. Auf einmal fing es nämlich an zu stinken. Wahrscheinlich nach Haarspray – oder Schimmelentferner.

Es roch jedenfalls mindestens so schlimm wie die Sickergrube in Schlumpfines Zeltlager. Nur eben nicht nach Kacke, sondern so parfümartig. Aber das war noch nicht alles: Die Frau schaute mich außerdem an, als hätte ich gerade einen Eimer Nacktschnecken auf ihren Teller gekippt. Ihr Mann war auch nur am Naserümpfen. Und das lag nicht am Haarspray seiner Frau. Als der Kellner nämlich wieder vorbeischaute, fragte der Alte, ob es nicht vielleicht einen anderen Tisch gäbe – ohne Kinder in der Nähe.

Ich meine, das sagt der einfach so! Wo Vinzent doch so empfindlich ist. Was hätte ich da denn anderes tun sollen? Die größte Unverschämtheit kommt ja erst noch. Der Kellner sagte den Alten, dass momentan leider kein anderer Tisch frei sei, dann nahm er ihre Bestellung auf. Und als er wieder weg war, redeten die beiden plötzlich über das Hotelschwimmbad, wo sie vorher gewesen waren. Und wie schrecklich das war mit den ganzen Kindern dort, die so einen Krach machten und immer ins Wasser sprangen, obwohl das verboten war, und die wahrscheinlich auch noch ihr Pipi ins Wasser machten. Da hatte ich einfach die Schnauze voll. Für heute hatte ich genug von Pipi. Ich kam schließlich direkt von Stellas Zeltlager.

Also sagte ich zu Vinz: »Sag mal ... schaffst du es eigentlich noch, mit der Zunge in der Nase zu popeln?«

»Logo!«, antwortete Vinz empört, so als hätte ich ihn gerade gefragt, ob er schon seinen Namen schreiben könnte.

»Bist du sicher?«, fragte ich. »Du hast das ziemlich lang nicht mehr gemacht.«

Vinz streckte mir die Hand entgegen. »Wollen wir wetten?«

»Schaffst du's auch mit ausgezogenen Schuhen?«, fragte ich.

»Hä?«, machte Vinz.

»Also, *das* kriegst du garantiert nicht hin!«, sagte ich. »Aber mach dir nichts draus …«

»Um wie viel wollen wir wetten?«, fragte Vinz.

Ich musste nur das Wort »Nachtisch« sagen und schon flogen seine Schuhe durch die Gegend. Dazu muss man wissen, dass Vinzent nur einmal in der Woche in die Badewanne geht. Eigentlich aus Faulheit – auch wenn er sagt, dass er nur die Umwelt schonen will. Jedenfalls, kennt ihr diesen Stinkekäse, der fast schon zerfließt, wenn man ihn aus der Packung holt? Den isst unser Opa immer. Ich krieg da schon vom Zuschauen Würgreiz. Aber der Geruch ist nichts gegen Vinzents Fußkäse! Nichts! Der einzige Grund, warum *ich* davon nicht in Ohnmacht falle, ist jahrelange Abhärtung.

Die blauhaarige Alte schaute Vinz an, als hätte er ihr gerade in den Hintern gezwickt. Also nahm ich einen Schluck Cola und fing an zu gurgeln. Worauf Vinzent ein ziemlich komisches Geräusch von sich gab. Vermutlich wollte er mir sagen, dass man vom Cola-Gurgeln Karies bekam, aber ganz sicher bin ich mir da nicht. Wenn einer seine Zunge in der Nase hat, versteht man ihn nicht so gut.

Schließlich sagte er »Ha!« und streckte mir die Zunge entgegen, um mir einen eingefangenen Popel zu präsentieren. »Ffau!«

»Wahnsinn!«, sagte ich. »Du hast es immer noch drauf. Und sogar mit ausgezogenen Schuhen!«

Vinzent grinste stolz. Als er seine Schuhe wieder anziehen wollte, sagte ich: »Lass die lieber aus, deine Füße müffeln ein bisschen, die können etwas frische Luft vertragen.«

In dem Moment kamen unsere Eltern in den Speisesaal. Papa hatte einen flauschigen Vollbart vom Föhnen und Mama ganz rote Backen von der Sauna – und ein Lächeln, als hätte sie gerade im Lotto gewonnen. Das hielt ungefähr drei Sekunden. Dann roch sie, dass Vinzent seine Schuhe ausgezogen hatte.

»Was macht ihr denn da?«, fragte sie, während Papa dem Monsterpaar am Nebentisch einen guten Tag wünschte, worauf er nur ein wortloses Nicken erntete.

»Meine Füße müffeln«, antwortete Vinz.

»Ja, und wie! Also zieh bitte deine Schuhe wieder an«, sagte Mama.

»Aber ihr sagt doch immer, dass barfuß laufen gesund ist«, warf ich ein, um Vinz zu Hilfe zu kommen.

»Barfuß *laufen*«, knurrte Papa. »Nicht barfuß *essen*!« Dann gab er ein künstliches Lachen von sich und sagte mit wackelndem Kopf zum Monstertisch: »Ha, ha, ha – Kinder!«

Wahrscheinlich erhoffte er sich ein gelächeltes »Jaja, das kennen wir auch …«. Aber stattdessen sagte die Blauhaarige mit ihrer Zitronenkräuselnase: »Wir hatten zum Glück nie welche.«

Ich weiß auch nicht, warum ich deswegen Hausarrest bekam. Ich hatte doch nur die Wahrheit gesagt und dabei überhaupt kein Schimpfwort benutzt oder so. Alles, was ich der Alten geantwortet hatte, war: »Na, da haben die ja Glück gehabt!«

Also, die Kinder meinte ich – die diese Alten nie gehabt hatten.

Dabei ist das doch wahr, oder?

KAPITEL 11

Hausarrest. Das war mal wieder typisch. Und auch noch im Urlaub! Also eigentlich *Hotel*arrest.

Was vielleicht gar nicht so schlimm ist, dachte ich mir. Es gab immerhin einen großen Fernseher in unserem Zimmer und im Zimmer unserer Eltern einen Kühlschrank, in dem sich zwar viel unnötiger Kram wie Bier und Wein befand, aber auch ordentlich Cola, gesalzene Nüsse, Chips und Schokolade für mich.

Ich hätte es mir also supergemütlich machen können – wenn da nicht mein Vater gewesen wäre. Der zog nämlich das Antennenkabel aus der Wand und steckte es sich zusammengerollt in die Hosentasche. Vor meinen Augen! Was eigentlich Kinderquälerei ist. Den Fernseher konnte ich also vergessen. Und leider nicht nur den. Als Nächstes sperrte mein Vater nämlich alle Handys und Tablets in den kleinen Safe, der sich im Kleiderschrank befand. Dabei schaute er mich an, als würde er nur darauf warten, dass ich protestierte.

Doch das ließ ich schön bleiben. Ich tat lieber so, als wär ich wahnsinnig enttäuscht von ihm, dass er mir nicht vertraute. Enttäuscht, aber gefasst. Das ist viel besser, als wenn man sich über eine Strafe aufregt. Denn wenn man das tat, kriegte man meistens noch eine Extrastrafe dazu. Aber wenn man so tat, als wäre man nur echt traurig, dann kam Papa meistens eine Stunde später zurück ins Zimmer, um den Hausarrest wieder aufzuheben.

Aber das hatte er heute anscheinend nicht vor. Bevor er aus dem Zimmer ging, drehte er sich noch mal zu mir um. »Ach ja. Falls dir langweilig wird …« Er deutete auf den Couchtisch. Dort lagen ein Mathe- und ein Deutschbuch zur Wiederholung der vierten Klasse und zur Vorbereitung auf die fünfte.

Das war wirklich hart. Mein Vater konnte manchmal richtig fies sein. Mathe lernen! Pff! Und dann sperrte er auch noch ab, als er wieder rausging!

»Hey!« Ich klopfte gegen die Tür. »Und was mach ich, wenn irgendwas passiert? Sterben, oder was?«

Mein Vater unterdrückte ein Stöhnen, das ich sogar durch die Tür hindurch hören konnte. »Was für eine Katastrophe soll denn hier bitte schön passieren?«, knurrte er.

»Weiß nicht«, sagte ich. »Vielleicht fällt ein Asteroid aus dem Weltall!«

»Direkt auf unser Hotel?«, fragte Papa.

»Oder knapp daneben!«

»Quentin! Das wird nicht passieren! Und jetzt Ruhe!«

»Gut, wie du meinst«, sagte ich. »Wenigstens muss ich nicht hungrig sterben.« Ich machte den Kühlschrank auf. »Aber sag

Mama und Vinzent schöne Grüße. Ich fand's schön mit ihnen als Familie. Aber nicht mit dir!«

Doch da stapfte mein Vater schon davon. Ich ging zum Fenster und schob den Vorhang zur Seite. Diese Ferien fingen ja gut an. Aber sich ärgern bringt ja nichts, also machte ich das Beste aus meiner Situation.

Nein, ich lernte nicht Mathe! Ich dachte darüber nach, wie man Schlumpfines Zeltlager platt walzen könnte. Ich versuchte es jedenfalls. Denn da passierte schon die nächste Riesenungerechtigkeit. Vor dem Hotel hielt der Mannschaftsbus vom *TSV 1860 München*! Die hatten hier ihr Sommertrainingslager. Und sogar ihr Maskottchen dabei, diesen mannsgroßen Löwen mit dem blau-weißen Fußballtrikot. Und ich? Durfte statt Autogramme sammeln mich hier oben von Nüsschen ernähren und beten, dass es in der Zwischenzeit keine Alien-Invasion oder Ähnliches gab.

Eine Stunde später hörte ich endlich Schritte im Hotelflur.

»Quentin?«, rief Vinzent draußen.

»Ja?«, sagte ich und ging zur Tür.

»Ich hab *die* Idee!«

»Wie du mich hier rausholst?«

»Nein, mit dem Zeltlager! Ich weiß jetzt, was wir machen!«

»Ich hab Hotelarrest, schon vergessen?«

»Oh, stimmt.«

»Und Papa hat abgesperrt!«

»Was?!«, sagte Vinzent. »Und wenn irgendwelche Räuber das Hotel überfallen?«

»Das hab ich auch gemeint. Anscheinend möchte er, dass ich dann gekidnappt werde.«

Ich konnte richtig hören, wie Vinzent jetzt nachdachte, sogar durch die Tür: »Hm ... Hier draußen hängt ein Glaskasten. Da steht *Feueralarm* drauf«, sagte er schließlich.

»Toll. Und wie soll ich da drankommen, wenn's brennt?«

»Ich kann ja für dich draufdrücken«, sagte Vinz.

»Wieso, brennt's denn?«

»Nein. Aber wir könnten doch mal ausprobieren, ob der überhaupt funktioniert. Also, für den Notfall.«

Mhm ... »Weißt du was?«, sagte ich. »Stimmt, das sollten wir sogar! Einfach zur Sicherheit.«

»Okay. Ich warte dann unten am Pool auf dich.«

Ich wollte noch etwas sagen – aber dann bimmelte es schon so laut, als hätte sich das Hotel in einen riesigen Wecker verwandelt.

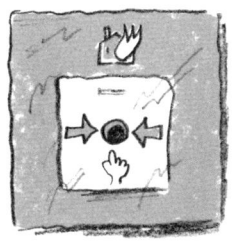

KAPITEL 12

Ich schob einen Hocker vor die Tür und schaute durch das Guckloch in den Gang. Jetzt war ganz schön was los draußen, nachdem Vinzent den Feueralarm ausgelöst hatte. Hotelgäste 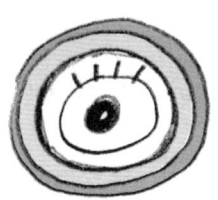 strömten an unserer Tür vorbei und Hotelmitarbeiter wiesen ihnen den Weg zum Treppenhaus – und die ganze Zeit bimmelte und bimmelte es. Dann stand auf einmal ein Hotelmitarbeiter vor unserer Tür und ich stieg sicherheitshalber mal vom Hocker runter. Was gut war, denn kurz darauf ging die Tür auf, und der Typ fragte, wer noch alles außer mir im Zimmer sei.

»Niemand«, sagte ich. »Nur ich.«

»Und warum hast du dich eingesperrt?«

Ich seufzte. »Wollen Sie vielleicht auch noch wissen, warum ich ein blaues T-Shirt anhabe? Ich meine, es brennt zwar gerade, aber wenn's sein muss, können wir natürlich auch erst mal einen Klopapierrollenhalter basteln ...«

Der Typ schaute mich an, als hätte ich ihn gerade mit Käseaufschnitt beworfen. Dann winkte er mich kopfschüttelnd nach draußen und zeigte in Richtung Treppenhaus.

Und dort passierte gerade etwas Wunderschönes. Die doofen Alten aus dem Speisesaal standen einer Hotelmitarbeiterin gegenüber, und die Blauhaarige sagte gerade: »Zum letzten Mal, ich war das nicht! Warum sollte ich denn den Feueralarm auslösen?!«

»Es war sicher ein Versehen«, antwortete die Hotelmitarbeiterin. »Das kann ja mal passieren.«

Glatzi, der Mann von der Alten, der eigentlich Schatzi hieß – aber Glatzi passte irgendwie besser –, schnaubte wie ein Walross mit Schnupfen. Dann sagte er: »So was muss ich mir *von Ihnen* doch nicht sagen lassen!« Das »von Ihnen« klang, als müsste er gleich spucken, dabei sah die Hotelmitarbeiterin eigentlich ganz nett aus. »Wir sind nur kurz stehen geblieben«, sagte er weiter. »Die Scheibe war schon eingeschlagen!«

»Ja klar«, sagte die Mitarbeiterin mit einem Lächeln auf den Lippen, das – wenn es sprechen könnte – garantiert »Blödmann« gesagt hätte.

Und so lief ich gut gelaunt die Treppe runter und raus zum Pool, um Vinzent zu suchen. Was gar nicht so einfach war. Der Poolbereich war wie ein riesiger Ameisenhaufen, nur bunter und lauter. Immer mehr Leute eilten nach draußen und dann wurde ich auch noch von zwei großen Armen erdrückt. Also, nur fast erdrückt – denn sie gehörten zum Glück meinem Vater.

»Quentin!«, sagte er mit zitternder Stimme. »Bist du okay?« Er hatte ein unglaublich schlechtes Gewissen. Sehr gut.

Ich überlegte kurz, ob ich jetzt vielleicht das Thema Taschengelderhöhung ansprechen sollte – aber dann sagte ich nur: »Ja, klar. War doch bloß ein Fehlalarm.« Ich grinste. »Und ich weiß auch, wer ihn ausgelöst hat!«

Vinz, der Mama an der Hand hielt, schaute mich an wie ein Maschinengewehr seine Zielscheibe. Also schob ich schnell hinterher: »Das war die Alte von heut Mittag! Die aus dem Speisesaal.«

Papa machte ein erstauntes Geräusch, so als hätte ich gerade behauptet, dass Jesus lebt und höchstpersönlich den Feueralarm ausgelöst hätte. »Was?!«

»Eine Hotelmitarbeiterin hat sie erwischt. Das hab ich gesehen, als die mich aus unserem Zimmer befreit haben!«

Ich weiß. »Befreit« ist ein bisschen übertrieben. Aber es klang einfach besser als »geholt«.

»Ach du armes Schätzchen!«, sagte Mama – und auch Papa schluckte mehrmals, so als würde er gleich ein Taschentuch brauchen.

Seht ihr?

Die beiden waren auch gar nicht mehr sauer. Ich glaube, insgeheim fanden sie das alte Ehepaar vom Nachbartisch genauso blöd wie wir. Aber Erwachsene können so was eben nur schwer zugeben.

Sicherheitshalber fragte ich trotzdem extra schüchtern: »Und ... wo soll ich jetzt meinen Hausarrest absitzen?«

Papa wischte sich über die Augen. »Das musst du nicht mehr, mein Junge!«

Jetzt bekam ich schon fast ein schlechtes Gewissen. Papa hatte richtig Angst um mich gehabt. Das geschah ihm zwar ganz recht, trotzdem war die Sache natürlich nicht ganz sauber. Aber da es hier um meine Zukunft ging – eine Zukunft ohne Stella –, sagte ich: »Oh!«, und tat überrascht. »Danke!« Dann drehte ich mich zu Vinzent um. »Wolltest du mir nicht irgendwas zeigen?«

»Zeigen? Was denn zeigen?«, fragte Mama.

Aber da waren wir schon unterwegs. Nur so ein Tipp: Je schneller man verduftet, desto weniger können Eltern einem verbieten. »Ach, nichts!«, rief ich noch. »Wir sehen uns beim Abendessen!«

Es war eine alte Scheune hinter dem Hotel. Sie lag ziemlich weit oben am Hang. Von unten hatte es gar nicht so weit ausgesehen, aber ich war ganz schön aus der Puste, als wir dort ankamen, und eins war klar: Hausarrest wäre auf jeden Fall entspannter gewesen.

Hier oben sah die Scheune auch gar nicht mehr aus wie eine Scheune. Es war eine totale Bruchbude, die wie ein Kartenhaus jeden Moment zusammenklappen konnte. Doch Vinzent grinste stolz, als würde er mir gerade seinen neuesten *Ferrari* präsentieren. Er zeigte auf die herunterhängenden Holzplanken und die krummen, rostigen Nägel, die herausschauten, und sagte: »Da musst du aufpassen!« Dann legte er sich auf den Bauch und wartete anscheinend darauf, dass ich dasselbe tat.

Was ich natürlich nicht tat. Ich war viel zu k.o.

»Na los!«, sagte Vinz ungeduldig.

»Darf ich mich vielleicht erst mal aufs Atmen konzentrieren?«, keuchte ich. »Ich bin gerade zweihundert Meter diesen doofen Berg raufgekraxelt, über vier Zäune geklettert und vor einer wild gewordenen Kuh davongelaufen!«

»Bin ich doch auch«, sagte Vinzent.

»Ja, aber dir macht so was Spaß!«

»Dir nicht?«

»Sieht es vielleicht so aus?« Ich ließ mich neben ihm ins Gras fallen. »Ich komm gleich nach! Okay?«

Vinz stöhnte und krabbelte schon mal los. Die Bretterbude war schräg in den Hang gebaut und lag vorne auf zwei ausbetonierten Steinhaufen auf. Darunter war ein Hohlraum, in den man hineinkriechen konnte.

Vinz war schon halb darin verschwunden, als er sagte: »Kommst du jetzt endlich?«

Also krabbelte ich hinterher – und kurz darauf hatte ich erst mal eine fette Spinne im Gesicht. Und ich meine nicht: am Kinn oder an der Backe oder über der Augenbraue.

Nein, im *Gesicht* – und zwar im ganzen, das Viech war ungefähr so groß wie meine Hand!

Aber das war noch nicht alles. Die Spinne war nicht nur eklig, fett und riesig, sie hatte auch noch zwei- bis dreitausend Freunde hier unten. Und dazu kamen noch mal so viele Käfer, Raupen, Asseln und Maden, die hier auch noch wohnten.

Ich krabbelte in Rekordzeit rückwärts wieder ins Freie. »Sag mal, hast du sie noch alle?«, rief ich Vinz zu und rubbelte mir die Spinnweben und die Erde aus den Haaren.

»Toll, oder?«, brüllte Vinz. »Und dahinten sind noch viel mehr!«

»Toll?! Ist dir gerade 'ne Raupe ins Hirn gekrochen? Ich hätte mir vor Schreck fast in die Hose gemacht! Zum Glück hatte ich vorher einen Herzinfarkt!«

»Ja!«, rief Vinz und lachte auf. »Ist der reinste Gruselfilm hier!« Er strahlte richtig, als er wieder nach draußen kroch.

Und das, obwohl er aussah wie eine Vogelscheuche. Er machte seinen Rucksack auf, holte seine Frühstücksbox heraus und
kroch damit wieder unter die Scheune.

»Was hast du denn jetzt vor?«, fragte ich. »Willst du die Dinger auch noch essen?«

»Nein«, sagte Vinzent. »Die sind doch nicht für mich …«

KAPITEL 13

Diesmal war das Zeltlager voller Kinder mit roten Halstüchern und schlammfarbenen Pfadfinderhemden. Die Erwachsenen liefen genauso albern durch die Gegend, nur dass sie auch noch komische Hüte trugen und noch mehr Sticker in allen Farben an ihren Hemden kleben hatten. Und alle wuselten irgendwo herum. Ich war schon gestresst, als ich denen dabei zusah: Die einen legten Kletterseile zusammen, andere schichteten Holz für ein Lagerfeuer auf und wieder andere waren beim Abspülen oder hängten Wäsche über eine Leine. Die waren alle am Arbeiten, obwohl Ferien waren – kein Wunder, dass Stella da keinen Bock drauf hatte.

Und deswegen war sie wahrscheinlich auch nirgendwo zu sehen.

»Wollen wir mal fragen, wo sie ist?«, meinte Vinzent.

Wir waren auf einen Baum an der Uferallee geklettert. Dort hatten wir einen guten Überblick, konnten aber selber nicht gesehen werden.

»Zu auffällig«, sagte ich. »Nicht dass sich noch irgendwer an uns erinnert, nachdem wir den Laden hier auseinandergenommen haben.«

»Stimmt«, sagte Vinz. »Ich will gar nicht wissen, wie viel Hausarrest wir dafür kriegen würden.«

Mein Magen knurrte. Vinz hielt mir seine Frühstücksbox hin und grinste. »Hunger?«

»Ha, ha, sehr witzig«, sagte ich.

»Du hast geschrien wie ein Mädchen, als du unter der Scheune warst! Fast schon wie *zwei* Mädchen!«

»Ach ja? Apropos Mädchen – da drüben ist sie.«

Ich zeigte zum Waldstück, wo Stella mit einer Rolle Klopapier zwischen den Bäumen hervorkam. Sie sah nicht sehr glücklich aus. Das freute mich natürlich. Ihre Lippen bewegten sich, als würde sie ein Lied singen – nur dass sie in Wahrheit sämtliche Schimpfwörter aufzählte, die sie kannte. Was entweder an ihren Pfadfinderklamotten lag, die nicht unbedingt mädchenhaft waren. Oder daran, dass sie gerade als Sechstausenddreizehnte in diesem Sommer in eine Sickergrube gekackt hatte. Vielleicht lag es auch an beidem.

Vinz und ich kletterten den Baum runter und rannten gebückt am Zaun entlang, der das Zeltlager eingrenzte. Als Stella uns entdeckte, hätte man für eine Sekunde denken können, dass sie

sich richtig freute, uns zu sehen. Aber eine Sekunde später schaute sie schon wieder, als hätte ich mich im Kunstunterricht nackt ausgezogen und nebenbei auch noch ihr Pausenbrot gegessen.

»Endlich!«, sagte sie. »Wo bleibt ihr denn? Ich hab schon gedacht, ihr kommt nie! Du hättest wenigstens mal 'ne *Whats-App* schreiben können ... obwohl, stimmt, du hast ja gar kein Handy!« Sie warf mir einen Blick zu, als würde ihr das richtig leidtun, aber darunter konnte ich schon das Stella-typisch-fiese Grinsen sehen, das sich immer zeigte, wenn sie mir eins auswischen wollte.

»Hey«, sagte ich. »Ich hab nur kein Handy, weil die Dinger ungesund sind. Und zweitens ...«

»Hä?«, unterbrach mich Vinzent. »Vorhin hast du mir doch noch gesagt ...«

»Vorhin hab ich gar nichts gesagt!«, unterbrach ich zurück. »Verstehst du? Und erst recht nicht zum Thema Handys! Klar?« Ich schaute Stella an. »Wo war ich stehen geblieben?«

»Bei zweitens.«

»Danke. Zweitens sind wir schon zum zweiten Mal da! Aber heut Morgen war hier tote Hose.«

»Heute Morgen war hier die Hölle los!«

»Nicht um zehn Uhr«, sagte ich.

»Zehn Uhr ist auch nicht mehr morgens, zehn Uhr ist vormittags!«

»Wollen wir jetzt über Uhrzeiten diskutieren oder sollen wir dir lieber helfen?«, sagte ich, vermutlich viel zu nett.

»Klar sollt ihr mir helfen! Aber ich bin seit sechs Uhr wach. Also nervt mich nicht!«

»Wir sind schon seit fünf wach und stellen uns nicht so an«, sagte Vinzent.

»Ach ja? Wart ihr auch schon wandern? Mit lauter Strebern, die am liebsten jeden Baum umarmen würden! Nein, oder? Aber ich! Also halt die Klappe!«

Stella formte ihren Mund zu einem Anti-Smiley, und Vinzent schaute mich an, als hätte Stella ihm gerade eine Tetanusspritze in den Hintern gerammt.

Also sagte ich, bevor Schlumpfine mit ihrem Rumgezicke noch meinen Bruder vergraulte: »Na, dann ist es ja gut, dass wir einen Plan haben, um dich hier rauszuholen!«

»Eigentlich ist es mein Plan«, grummelte Vinzent.

»Echt?«, fragte Stella unbegeistert. »Und was ist das für ein Plan? Ein paar Wasserbomben danebenwerfen?«

Jetzt wurde es langsam kritisch. Ich konnte schon sehen, wie der Ärger in Vinzent hochstieg. Er bekommt dann immer Schnappatmung, wie ein Fisch, den man aus dem Wasser zieht. Als Nächstes würde sein Kinn anfangen zu zittern, dann bildeten sich Tränen in seinen Augen – und danach würde er entweder beleidigt weggehen. Oder zuschlagen. Was von beidem, das lässt sich immer nur schwer vorhersagen.

Ich legte sicherheitshalber schon mal einen Arm um Vinzents Schulter. »Lass dich nicht ärgern!«, sagte ich zu ihm. »Ich brauch dich hier, okay? Sonst werd ich die nie los.«

Vinzent nickte, einigermaßen besänftigt. »Gut, aber ich mach das nur, weil wir Brüder sind – nicht für sie!« Er zeigte auf Stella.

Und – war ja klar! – die dumme Kuh musste weitersticheln: »Ach, jetzt verstehe ich. Ihr wollt, dass ich vor Langeweile einschlafe und das Zeltlager verpenne. Das ist euer Plan.«

Als nach Vinzents Kinn auch noch seine Unterlippe anfing zu zittern, deutete ich auf seine Frühstücksbox: »Na los, zeig's ihr, Vinz!«

Er zog den Deckel von der Box. Sofort krabbelte ihm eine Spinne auf die Hand. Aber Vinzent blieb ganz ruhig. Wie er das schaffte, keine Ahnung. Nicht mal die Spinne schaffte es, ruhig zu bleiben. Sie wollte lieber zu Stella.

Und Stella schrie los, als hätte sie keine Spinne, sondern einen Zombie an der Hand kleben. Dabei drehte sie sich im Kreis und fuchtelte mit den Armen.

»Hörst du?«, sagte ich zu Vinz. »*So* schreien Mädchen. Ich hab ganz anders geschrien.«

Vinz griff wieder in seine Box und setzte mir auch eine Spinne auf den Arm.

Nachdem ich das Biest endlich abgeschüttelt hatte, sagte er:

»Stimmt. Du schreist wirklich anders. Entschuldige.«

Schließlich landete Stellas Spinne im Gras und Stella beruhigte sich wieder.

»Sag mal, hast du sie noch alle?«, fauchte sie Vinz an.

»Wieso?«, fragte Vinzent zurück. »Funktioniert doch …«

Der Plan war wirklich gut. Nur gab es ein paar Haken. Erstens: Wir brauchten viel mehr Ungeziefer als eine Frühstücksbox voll. Wir brauchten eine ganze Armee davon. Die Viecher mussten das Zeltlager überrennen, in jede Ritze kriechen, in jeden Schlafsack, unter jedes T-Shirt. Was wir brauchten, war eine Massenpanik und völlig verzweifelte Kinder, die weinend »Mama, Mama!« schrien. Kinder, die in diesem Zeltlager nie wieder einschlafen würden und sich so ekelten, dass sie dort nicht mal mehr einen Kakao runterbrachten, ohne gleich würgend zur Sickergrube zu springen.

Und dafür brauchten wir richtig viele Monsterinsekten! Je ekliger, krabbeliger, haariger, schleimiger – umso besser. Doch so viele Tiere musste man erst mal fangen. Und sammeln. Und transportieren – ohne dass sie dabei draufgingen. Oder noch schlimmer: wieder abhauten.

»Wir könnten unsere Rucksäcke nehmen«, schlug ich vor. »Wir machen sie leer und stecken das Pappdings von einer Klopapierrolle in den Reißverschluss. Wie einen Trichter. Und damit tun wir dann die Viecher rein.«

Stella musterte mich kritisch. Doch dann wickelte sie das

96

restliche Klopapier, das sie dabeihatte, wie einen Verband um ihre Hand und gab mir die Rolle. »Na gut. Hier. Viel Erfolg!«

»Und du?«, fragte ich.

»Wir gehen jetzt zum Klettern. Wenn ich da nicht mitkomme, fällt das auf. Ich kann euch leider nicht helfen!« Diesmal machte sie sich nicht mal die Mühe, ihr fieses Grinsen zu verstecken.

»Ja, *leider*«, sagte ich, bevor wir uns mit Stella für Mitternacht unten am See verabredeten.

KAPITEL 14

Bis zum Abendessen hatten wir noch ein paar Stunden. Doch das Einsammeln der Insekten war mühsam. Vor allem die Maden aus den Mäusekadavern herauszupopeln – puh, ich schwör euch: Wenn das nicht für einen guten Zweck gewesen wäre, hätte ich das nicht geschafft. Als es Zeit wurde, zurück ins Hotel zu gehen, hatten wir allerdings höchstens vierhundert Viecher zusammengesammelt. Vinzents Rucksack war nicht mal halb voll. Nicht mal die Hälfte von halb voll. Vor uns lag noch ein ganzes Stück Arbeit. Bloß mussten wir uns erst mal bei unseren Eltern blicken lassen.

Wir trafen sie im Speisesaal. Diesmal saßen die doofen Alten zum Glück nicht am Nebentisch. Ärger gab es trotzdem.

»Pferdefleisch!?«, sagte Vinzent fassungslos, als Papa das Menü vorlas.

»Du magst doch Gulasch«, sagte Mama.

»Aber nicht mit Pferdefleisch!«

»Das ist in Österreich eine Delikatesse«, sagte Papa.

»Ach ja? Und was gibt's als Nachtisch? Katzenpudding?«

»Vinzent!«, zischte Mama. Dann wechselten unsere Eltern einen dieser Elternblicke, wo die Mutter vom Vater will, dass er endlich auch mal was sagt, während der Vater von der Mutter will, dass sie sich nicht gleich so aufregt. Und weil diese Blicke auch nicht gerade hilfreich waren, sagte ich: »Wie wär's denn mit Pfannkuchen? Da ist doch bestimmt kein Pferdefleisch drin.«

»Frag lieber mal nach«, sagte Vinzent. »Sicher ist sicher.«

»Gute Idee«, sagte Papa – und wechselte schnell das Thema: »Wie wär's, machen wir heute einen Spieleabend? Nur die Familie! Na? Worauf habt ihr Lust? *Uno, Scrabble, Abluxxen, Phase 10?*«

»Äh«, sagte ich. »Wir wollten eigentlich ... ins Kinderkino!«

»Kinderkino?«, fragte Mama.

Ich nickte. »Hier gibt's doch so eine tolle Kinderbetreuung. Die machen heute einen Kinoabend.«

»Und was läuft da?«, fragte Mama.

Ich hatte keine Ahnung, was lief. Also sagte ich: »Keine Ahnung. Ich glaub, irgend so was mit einer Katze, die sprechen kann, aber sonst total ungeschickt ist. Das muss superlustig sein!«

»Nee, der ist total scheiße«, sagte Vinzent. »Den haben wir uns vor den Ferien in WTG angeschaut.«

»Vinzent, bitte nicht diese Ausdrucksweise!«, sagte Mama und ich trat Vinzent vorsichtshalber auch noch gegen das Schienbein.

»Au! Was soll das denn?«, fragte er.

Da ich das ja schlecht laut aussprechen konnte, machte ich ihm eine Grimasse, dass er mir nicht die Tour versauen sollte.

Papa schaute derweil in die Hotelzeitung, die eigentlich nur aus vier Seiten bestand, dafür aber auf jedem Tisch im Speisesaal auslag. »Da läuft ja was ganz anderes. *Bibi und Tina!*« Er lachte. »Glück gehabt, Vinnibär!«

»Was?«, sagte Vinzent. »Das ist ja noch viel schlimmer!«

Oh Mann, echt! »Nein, ist es nicht«, sagte ich. »Der soll sogar richtig gut sein!«

»Sagt wer?«, fragte Vinzent.

»Feli!«, sagte ich, weil mir auf die Schnelle nichts anderes einfiel.

Mein Vater nippte skeptisch an seinem Weinglas. »Wer?«

»Felicitas Stolte-Nieben. Von gegenüber«, sagte Mama und ihr Gesicht erstrahlte wie ein Diamant bei Sonnenaufgang.

»Ach so«, sagte Papa. »Na, dann ist der bestimmt gut.«

»Nein!«, sagte Vinz. »Die ist doch ein Mädchen! Die kann das doch gar nicht beurteilen. Weil das ein Mädchenfilm ist!«

Ich trat ihm wieder gegen das Schienbein – nur dass er dummerweise sein Schienbein diesmal hinter dem Stuhlbein versteckt hatte. »Da spielen auch Jungs mit!«, stöhnte ich.

»Ja, aber Jungs, die auf Mädchen stehen!«, sagte Vinz. »Das ist doch totaler Scheiß!«

»Vinzent!«, sagte Mama. Und Papa: »Wir möchten solche Wörter nicht hören. Schon gar nicht, wenn wir beim Essen sitzen!«

»Was – ›Mädchen‹? ’tschuldigung«, grummelte Vinz.

»Du weißt genau, was ich meine!«, sagte Papa.

»Aber *Bibi und Tina* ist …«

»… super, Vinz!«, unterbrach ich ihn. »Glaub mir einfach! Oder willst du doch lieber das Pferdegulasch essen?!«

Die Kinderbetreuung fand im Keller des Hotels statt. Weil man da keine Erwachsenen störte. Das war ganz praktisch, ich wollte ja auch nicht von irgendwelchen Erwachsenen gestört werden, schon gar nicht von meinen Eltern. Wir winkten ihnen aus dem Aufzug noch zu, dann schloss sich die Tür und Vinzent sagte: »Sag doch gleich, dass wir uns den Film gar nicht anschauen!«

»Mann, Vinz!«, zischte ich. »Wir haben doch heut Abend was ganz anderes vor! Außerdem, für wen hältst du mich denn? Ich schleif dich doch nicht in *Bibi und Tina*! Ich bin doch dein Bruder!«

»Bei dir weiß man nie.«

»Ach ja? Kannst du dich noch erinnern, wie Oma Helma letztes Weihnachten die Helene-Fischer-CD einlegen wollte?

Und du fast geweint hättest! Wer hat da die CD heimlich zer-kratzt? Das hab ich nur für dich getan!« Ich schüttelte den Kopf. »Glaubt der doch wirklich, ich würd mit ihm in *Bibi und Tina* gehen!«

Das K für Keller blinkte über der Aufzugtür auf. Dann öffne-te sich die Tür, und wir marschierten schnurstracks zur Trep-pe, um uns aus dem Staub zu machen. Wir waren schon fast da, als ich eine Hand auf meiner Schulter spürte. »Na, ihr zwei. Zum Kinderkino geht's aber da lang.«

Es war eine Frau mit rotem Poloshirt. Daran erkannte man die Hotelmitarbeiter, weil darauf der Name des Hotels stand. Sie lächelte uns an. Mist.

»Äh«, sagte ich. »Wir wollten noch mal aufs Klo. Nicht dass wir während der Vorstellung rausmüssen und alle stören.«

»Ach, das find ich gut! Das sollten alle Kinder tun.« Die Frau zeigte zum bunt bemalten Kinderbereich und wuschelte mir durchs Haar. »Die Toiletten sind aber auch da hinten. Gleich neben dem Filmsaal.«

Diese Erwachsenen lassen auch einfach nicht locker! Und warum wuscheln die einem dauernd durchs Haar? Ich weiß nicht, ob die das so toll fänden, wenn ich das bei denen ma-chen würde. Aber egal. Wir nahmen also nicht die Treppe nach oben, sondern gingen brav aufs Klo ... und kletterten dort aus dem Fenster ins Freie.

Was auch ganz gut war. Denn sonst wären wir in der Eingangshalle des Hotels vielleicht unseren Eltern begegnet, die dort an der Bar noch einen Wein tranken.

Diesmal war ich nicht ganz so k.o., als wir an der Scheune ankamen. Was daran lag, dass ich diesmal auch nicht vor irgendwelchen Kühen davonrennen musste. Die schliefen nämlich alle schon. Wahrscheinlich wegen der gesunden Bergluft, von der Mama und Papa so begeistert waren.

Vinz nahm seinen Rucksack von dem rostigen Nagel, wo er ihn aufgehängt hatte, und ich fummelte das Klorollenpappding in den Reißverschluss des Rucksacks, den ich am Kleiderhaken in unserem Zimmer gefunden hatte.

»Die blauhaarige Blödtante hab ich vorhin auch mit so einem Rucksack gesehen«, sagte Vinz.

Der Rucksack war aus rotem Stoff und Leder und es stand der Name des Hotels darauf. »Der hängt wahrscheinlich in jedem Zimmer an der Garderobe«, sagte ich.

»Mhm-m«, machte Vinzent, dann schnallten wir uns unsere Stirnlampen um und krochen wieder unter die Scheune.

In der Dunkelheit war es noch mühsamer, die Insekten zu sammeln. Wir hatten uns zwar Handfeger und Schaufel von einem Putzwagen des Zimmermädchens »geliehen«. Aber die Insekten, die einem entwischten, musste man mit der Hand einsammeln, was ganz schön eklig war. Vor allem war es viel gruseliger als am Nachmittag. Ständig hörte man irgendwas:

sich anschleichende Mörder, landende Aliens, Geister in der Scheune. Vinzent kümmerte das allerdings überhaupt nicht. Solange sich kein Mädchen anschlich, konnte für ihn im Gras rascheln, was wollte. Trotzdem, viel schafften wir nicht mehr an diesem Abend. Keiner unserer Rucksäcke war auch nur annähernd voll, als wir aufhörten, weil wir wieder zurück in die Kinderbetreuung mussten, wo uns unsere Eltern abholen wollten.

Vorher versteckten wir unsere Rucksäcke noch unter unserem Doppelbett. Dann wuschen wir uns im Bad die Spinnweben von den Armen und nahmen den Aufzug runter in den Keller. Ich wollte gerade aussteigen, als Vinz zum Glück noch rechtzeitig unsere Eltern vor dem Kinderbereich sah und auf E drückte.

Als die Aufzugtür wieder zuging, sagte er: »Mist, jetzt sind wir dran!«

»Nein, sind wir nicht!«

Wir stiegen im Erdgeschoss aus und liefen die Treppe in den Keller runter. Als wir vorm Kinderbereich um die Ecke bogen, gab ich Vinz das Zeichen, und er nickte, dann sagte ich laut genug, dass unsere Eltern es hören konnten:

»Sperrt sich da auf dem Klo ein!« Ich machte ein Geräusch wie ein Lastwagen an einer Kreuzung: »Pff! Also, *ich* fand den Film gut!«

Dann tat ich überrascht, als ich unsere Eltern entdeckte. »Oh, ihr seid ja schon da! Ich sag's euch: Auf einmal schau ich mich um und Vinzent sitzt nicht mehr neben mir. Ich hab das ganze Hotel nach ihm abgesucht. Ich hab ihn gerade erst gefunden.«

»War der Film so schlimm?«, fragte Mama mit ihrem typischen Mamalächeln.

Vinz nickte. »Ich hasse Mädchen!«

Mama drückte ihn an sich. »Ach, Schätzchen.«

»Dich nicht«, sagte Vinz.

Und Papa klatschte in die Hände. »Na los«, sagte er. »Zähnchen putzen! Jetzt geht's ins Bettchen!«

Oh Mann. Zähnchen putzen! Bettchen! Seit der zweiten Klasse versuchte ich schon, ihm das abzugewöhnen.

KAPITEL 15

Es dauerte ewig, bis unsere Eltern einschliefen. Ihr kennt das vielleicht. Uns Kinder schickt man ins Bett, dann wird das Licht ausgemacht und ein »So, jetzt wird geschlafen!« gesäuselt – aber was tun die Eltern?

Wenn die ins Bett gehen, müssen die erst mal ein Buch lesen. Und dann noch *facebooken* und E-Mails checken, und ohne die neuesten Nachrichten kann man als Erwachsener anscheinend auch nicht einschlafen. Es war schon kurz vor Mitternacht, als wir sie endlich schnarchen hörten und uns wieder anziehen konnten.

Vorsichtshalber warteten wir noch ein paar Minuten, bevor wir aus unserem Zimmer schlichen. Aber die Luft war rein. Auch im Flur begegneten wir niemandem. Sogar die Rezeption war unbesetzt. Alles lief also nach Plan. Wir kamen unbemerkt nach draußen.

Am See hellten ein paar Straßenlaternen die Nacht auf. Stella saß auf der Parkbank vor dem Zeltlager. Sie stand auf, als sie uns entdeckte.

»Na endlich! Wisst ihr, wie lang ich hier schon auf euch warte? Garantiert fünf Minuten!«

»Selber schuld«, sagte Vinz. »Es ist genau zwei nach Mitternacht. Wir sind also gerade mal zwei Minuten zu spät!«

»Zu spät ist zu spät«, sagte Stella.

»Und selber schuld ist selber schuld«, äffte Vinz sie nach.

»Hey«, unterbrach ich die beiden. »Erstens, wir wären schon längst hier, wenn unsere Eltern nicht so lahmarschig einschlafen würden. Zweitens, wollen wir jetzt endlich mal zur Sache kommen? Pennen hier wenigstens alle?«

Stella stöhnte ausgiebig, so als würde sie mir gerade einen riesigen Gefallen tun, indem sie nicht weiter rummeckerte. Dann nickte sie. »Die sind fix und fertig vom Klettern.«

»Und du nicht?«, fragte ich.

»Ich hatte mir zufällig den Knöchel verstaucht.«

»Merkt man dir gar nicht an«, sagte ich, weil Stella überhaupt nicht humpelte oder so.

»So was nennt sich spontane Wunderheilung.«

»Hä?«, sagte Vinz. »Was redet ihr denn da?«

»Vergiss es«, sagte Stella. »Das verstehst du nicht. Dafür bist du noch zu klein.«

Vinzent verschränkte beleidigt die Arme vor der Brust. »Na gut, dann geh ich halt wieder!«

»Vinz, nein, bitte bleib!«, sagte ich – und zu Stella: »Kannst du vielleicht mal aufhören, auf meinem Bruder rumzuhacken?«

»Gut, ich versuch's.« Stella ging in die Hocke und schnappte sich ein herumliegendes Stöckchen. Sie zeichnete zwei Kreise in den Kies und in die Kreise sternförmig angeordnet ein paar Striche. »Das ist das Jungszelt. Das hier das Mädchenzelt.« Sie deutete auf die beiden Kreise. »Und das sind die Schlafsäcke.« Sie zeigte auf die Striche in den Kreisen.

»Und wo sind die Aufseher?«, fragte Vinz.

Stella stöhnte. »Meinst du die Gruppenleiter?«

Vinz stöhnte genauso genervt. »Na, die Erwachsenen halt, die sich um euch kümmern!«

Stella zeichnete ein paar Vierecke für die Betreuerzelte in den Kies. »Jetzt zufrieden?«, fragte sie Vinzent – aber bevor die beiden sich noch mehr anzickten, ergriff ich das Wort: »Hast du die Schlafsäcke unten am Fußende schon aufgemacht?«, fragte ich Stella.

Sie nickte. »Die meisten waren eh schon auf, weil es so warm ist.«

»Sehr gut!« Ich schaute Vinz an. »Du nimmst das Mädchenzelt, ich das Jungszelt. Wir schleichen uns mit den Rucksäcken rein, warten auf Stellas Zeichen, dann leeren wir die Rucksäcke in der Zeltmitte aus und verziehen uns wieder. So weit alles klar?«

»Nein«, sagte Vinz. »Ich mach auf keinen Fall das Mädchenzelt!«

»Oh Mann«, sagte ich. »Und warum nicht?«

»Weil da Mädchen drin sind!«

»Meine Güte, dann nehm ich eben das Mädchenzelt.«

»Seit wann magst du denn Mädchen?«, zickte Stella dazwischen.

»Seit ich einen Rucksack voll Spinnen habe, die alle in ihre Schläfsäcke kriechen werden. Hast du dein Handy dabei?«

Stella nickte wieder. »Klar hab ich mein Handy dabei. Hey, *ich* hab ja eins …«

»Handys sind doch hier verboten«, mischte sich Vinz ein.

»Ja und?«, sagte Stella. »Glaubst du, das ist ein Grund, dass ich meins zu Hause lasse? Ich hab es heimlich mit hergeschmuggelt.«

Vinzent wollte noch etwas sagen, aber ich klopfte ihm kumpelhaft auf die Schulter. »Das ist schon in Ordnung, Vinz. Wenn hier die Panik ausbricht, wird Stella das mit dem Handy filmen«, sagte ich. »Wir brauchen ja ein Beweisvideo für ihre Mutter. Damit die denkt, das Zeltlager ist eine totale Katastrophe. Verstehst du?«

»Ich glaub schon«, sagte Vinz. »Aber fragt die sich dann nicht, wieso Stella das alles seelenruhig filmen konnte? Während die anderen alle panikmäßig durch die Gegend hüpfen.«

»Wow«, meinte Stella. »Du hast ja doch ein Hirn.«

Vinzent zischte: »Ja. Im Gegensatz zu dir!«

Stella schnaufte und meckerte zur Abwechslung mal wieder mich an: »Kannst du deinem Bruder sagen, dass er mal ein bisschen freundlicher sein soll?!«

»Ja. Mach ich. In zehn Jahren. Wenn du bis dahin auf den

Mond gezogen bist.« Dann schaute ich Vinzent an. »Stella wird ihrer Mutter sagen, dass sie zufällig gerade auf dem Klo war. Und das Handy als Taschenlampe dabeihatte.« Ich stellte meinen Hotelrucksack auf den Boden.

Vinz legte seinen Rucksack daneben. »Gut«, sagte ich. »Dann legen wir mal los!«

»Ist das alles, was ihr dabeihabt?«, fragte Stella.

Jetzt stöhnte ich ausnahmsweise mal. »Ja. Das ist alles. Sonst noch was zu meckern? Nein? Prima! Dann lass uns endlich anfangen!«

KAPITEL 16

Vinz schlich sich in das eine Zelt, ich in das andere. Und alles lief nach Plan. Erst mal. Ich stellte mich in die Zeltmitte – um mich herum lauter Schlafsäcke mit offenen Reißverschlüssen und dem ein oder anderen Stinkefuß, der herauslugte. Dann hielt ich den Hotelrucksack bereit und wartete auf Stellas Zeichen.

Als sie draußen dreimal gekünstelt hustete, öffnete ich den Rucksack und leerte ihn aus, bis die Zeltmitte aussah wie eine rammelvolle Insekten-U-Bahn-Station. Ich war jedenfalls heilfroh, dass ich Gummistiefel anhatte.

Danach lief es leider nicht mehr nach Plan. Wir waren davon ausgegangen, dass die Biester automatisch in die Schlafsäcke kriechen und kurz darauf alle Kinder aufwachen und loskreischen würden.

Aber anscheinend hatten die Viecher was gegen Stinkefüße oder überhaupt was gegen Kinder. Vielleicht, weil zwei Kinder – Vinz und ich – sie entführt hatten. Wer weiß? Jedenfalls krochen die Viecher in alle Himmelsrichtungen davon. Gerade mal zwei Kellerasseln schnupperten immerhin kurz an den offenen Schlafsäcken, bevor sie ihren Freunden hinterherhoppelten und in irgendwelchen Ritzen verschwanden oder die Zeltplane hochkrabbelten! Alle Kinder schliefen einfach selig weiter. Von Chaos war hier keine Spur.

Irgendwann steckte Stella ihren Kopf ins Zelt. »Was ist?«, flüsterte sie.

»Nichts ist!«, flüsterte ich zurück.

»Wie – nichts?«

»Na, schau dich doch mal um!«

Das tat sie und sagte: »Hast du denn schon angefangen?«

»Ich bin schon lange fertig!«, flüsterte ich.

Nicht nur Stella war total enttäuscht, ich auch. Und Vinzent – der war richtig am Ende. Schließlich war es seine Idee gewesen.

»Na komm, nimm's nicht so schwer«, sagte ich unten am See.

»Aber ich versteh das einfach nicht!«, sagte er.

»Gibt es denn irgendwas, das du überhaupt verstehst?«, maulte Stella.

»Hey! Nicht hilfreich!«, sagte ich.

Und Stella protestierte nicht mal. »Ich gehe jetzt ins Bett«, sagte sie mit hängenden Schultern und stand so langsam von der Parkbank auf, als würde sie den Mount Everest hochklettern. Was irgendwie beunruhigend war. Ihr musste es ziemlich mies gehen, wenn sie jetzt nicht mal mehr weiterzicken konnte.

Aber ich nickte nur. Dann legte ich einen Arm um Vinzents Schulter. »Na los, wir gehen auch.«

Als wir so gegen zwei Uhr zum Hotel zurückkamen, war passenderweise die Glasschiebetür verriegelt. Ich klopfte gegen die Scheibe, bis ein Mann an der Rezeption erschien und uns verschlafen aufmachte. Ich zeigte ihm unseren Zimmerschlüssel. »Mein Bruder schlafwandelt«, flüsterte ich. »Hab ihn nur kurz eingesammelt. Gute Nacht.«

Ich hörte noch das »Äh …«, das der Mann sagte, dann schaltete ich meine Ohren ab. Vinz und ich schleppten uns zu den Aufzügen. Wir waren beide hundemüde. Ich sperrte vorsichtig die Zimmertür auf.

Es war dunkel, unsere Eltern schliefen – wenigstens dieser Teil des Plans hatte funktioniert.

Als wir uns hinlegten, sagte ich noch zu Vinz: »Hey. Es war nicht deine Schuld, okay?« Tröstendere Worte fielen mir um diese Uhrzeit nicht ein. Aber Vinzent war schon eingeschlafen.

Keine Ahnung, wie lange wir schliefen. Wahrscheinlich nur ein paar Sekunden, länger kam es mir nicht vor. Dann gab es auf einmal einen Schrei, einen Knall und ein Kreischen – und Vinz und ich standen kerzengerade im Bett.

Kurz darauf ging die Tür auf und Papa stand bei uns im Zimmer. »Alles okay bei euch?«

»Ja!«, sagte ich. »Das waren nicht wir!«

Mama kam dazu. »Wer schreit denn da so?«

»Keine Ahnung«, sagten ich, Vinzent und Papa gleichzeitig.

Zusammen schauten wir vorsichtig in den Hotelflur. Nach und nach gingen dort die anderen Zimmertüren auf, mit ähnlich verschlafenen Gesichtern dahinter. Dann kam auf einmal wie ein Formel-1-Rennwagen ein Schrei näher und eine Frau rannte an uns vorbei. Es war eindeutig die Alte aus dem Speisesaal, auch wenn ihre blauen Haare jetzt schwarz gesprenkelt waren und sie ziemlich schnell unterwegs war für ihre zweihundert Jahre.

Ein paar Sekunden später rannte sie wieder an uns vorbei, diesmal in die andere Richtung. Als sie kurz mal stehen blieb und eine Kreischpause machte, um Luft zu holen, konnte ich sehen, dass ihr ein paar Käfer aus dem Nachthemd krabbelten. Und dass die schwarzen Sprenkel in ihren blauen Haaren Spinnen waren, die sich dort im Haarspray verfangen hatten.

»Na, so was«, sagte Papa baff.

»Mhm«, meinte Mama, genauso platt.

»Wie ist das denn passiert?«, fragte Vinzent.

»Äh, keine Ahnung«, antwortete ich.

Durch die aufgerissene Zimmertür der Alten konnte ich den Hotelrucksack unter dem offenen Fenster sehen. Auf dem Weg zum Hoteleingang hatte ich ihn dort reingeworfen. Wer will schon einen Rucksack im Zimmer haben, in dem sich mal tausend supereklige Insekten befunden hatten? Ich garantiert nicht! Ich war ganz schön froh, dass der Rucksack im Zimmer der Alten gelandet war – anscheinend waren ja noch ein paar Viecher drin gewesen. Stellt euch mal vor, die hätten *mich* aufgeweckt, da will ich gar nicht dran denken …

Als wir wieder im Bett waren, sagte Vinzent: »Ha! Es hat doch funktioniert!« Er lag neben mir auf dem Rücken und grinste die Decke an.

Ich drehte mich auf die Seite. »Was, dein Plan?«

»Ja!«, sagte Vinzent zufrieden.

Dann schliefen wir beide ein.

KAPITEL 17

Am nächsten Morgen regnete es so stark, dass man sogar unter dem Vordach des Hotels noch nass wurde. Die Nässe hing richtig in der Luft – wie beim Friseur, wenn der einem vorm Schneiden die Haare einsprühte. Keine Ahnung, was Stella gerade im Zeltlager machte. Wahrscheinlich kratzte sie sich zwei Kilo Matsch von jeder Schuhsohle und holte sich dabei einen Schnupfen.

Nicht dass ich Mitleid mit ihr hatte. Kurz dachte ich sogar, dass das die Lösung wäre: Wenn Stella krank wäre, würde man sie vielleicht nach Hause schicken.

Nur dass sie dann eben krank wäre. Was zwar eine schöne Sache ist, wenn man gerade Schule hat. Aber nicht in den Ferien!

Ich warf einen Blick auf den zwei Meter großen Löwen neben mir, der etwas lustlos dem abfahrenden Mannschaftsbus

des *TSV 1860 München* hinterherwinkte. Der Löwe wirkte nicht sehr glücklich. Kein Wunder, nachdem die *Sechziger* mal wieder abgestiegen waren. Vor ein paar Jahrhunderten waren die ja mal richtig gut gewesen, einmal sogar Deutscher Meister. Aber jetzt war ich der Einzige, der dem traurigen Löwen beim Winken zusah.

»Ist das Ihr Beruf ?«, fragte ich. »Fußball-Maskottchen?«

»Nur ein Ferienjob«, antwortete der Löwe geknickt, als der Bus um die Ecke bog. Dann nahm er seinen Löwenschädel ab und schlappte mit roten Backen und verschwitzten Haaren davon.

Da ich nichts Besseres zu tun hatte, folgte ich dem Mann. Gegenüber den Aufzügen sperrte er eine Tür auf, verschwand dahinter und kam kurz darauf ohne Löwenkostüm wieder heraus. Dann stieg er in den Aufzug.

Als ich schon wieder gehen wollte, schob ein Zimmermädchen einen Rollwagen voller Bettwäsche und Handtücher vorbei. Sie sperrte dieselbe Tür auf, die das Löwenmaskottchen zuvor aufgesperrt hatte, und kam mit ein paar Putzmitteln wieder aus dem Zimmer. Danach sperrte sie die Tür wieder ab – und hängte ihren Schlüsselbund an einen Haken an ihrem Rollwagen.

Mhm!, dachte ich mir.

Ich drückte auf den Aufzugknopf, aber das Warten dauerte mir zu lange, also rannte ich die Treppe hoch.

Vinzent hockte in unserem Zimmer vorm Fernseher und schaute sich eine Folge *Star Wars* an.

»Wo sind Mama und Papa?«, fragte ich.

»In der Sauna«, antwortete Vinz und fischte sich eine Tüte Chips vom Boden, wo schon drei leere und verkrumpelte Schokoladenverpackungen herumlagen.

Ich sagte: »Ich dachte, als Globalisierungsgegner isst man keine Schokolade?«

»Das ist Bioschokolade«, sagte Vinz. »Aus fairem Handel, die ist okay. Außerdem gab es nichts anderes und es sind Ferien.«

Das kam mir zwar etwas unlogisch vor, aber Hauptsache, Vinz war glücklich. »Sag mal – wie war das noch mit den Bären in Österreich? Du hast doch gesagt, ihr habt in HSU gelernt, hier gibt's welche.«

»Ja, aber keine Grizzlys, nur Braunbären«, sagte Vinz.

»Und wie gefährlich sind die?«

»Na ja, wenn sie gerade Hunger haben und du im Weg rumstehst und sie ärgerst, dann ziemlich.«

»Mhm!« Ich trank einen Schluck von seiner Limo. Dann holte ich meine und Vinzents Regenhose aus dem Schrank. Und schaltete den Fernseher aus.

Wir trafen Stella wieder am See. Ihre Haare waren trotz Kapuze nass und ihre Nase so rot wie die von einem Clown.

»Einen Bärenangriff vortäuschen?«, fragte sie. »Willst du mich verarschen – wie soll denn das bitte gehen?«

»Wow! Hast du gerade ›bitte‹ gesagt?«

Stella schaute mich nur an, als wäre ich daran schuld, dass sie aussah, als hätte sie in einer laufenden Waschmaschine übernachtet.

»Du darfst gleich ›danke‹ sagen«, antwortete sie genervt. »Nachdem ich dir eine gescheuert habe!«

»Oh, jetzt hab ich aber Angst.« Ich tat so, als würde ich am ganzen Körper schlottern. Dann kam ich wieder zur Sache: »Ich zeig dir, wie das geht. Mach mal die Augen zu.«

»Oh Mann!«, maulte sie, aber die Augen machte sie trotzdem zu.

Ich nickte Vinzent zu. Er holte Mamas Handy und den kleinen Bluetooth-Lautsprecher aus seinem Rucksack.

»Also«, sagte ich zu Stella. »Stell dir vor, es ist Nacht. Es regnet. Du musst aufs Klo. Du gehst aus dem Zelt. In den Wald. Und dann hörst du …«

Ich gab Vinz das Zeichen, und er schaltete den Lautsprecher an und drückte gleichzeitig auf Mamas Handy, sodass ein extrem unfreundliches Bärengebrüll direkt hinter Stellas Ohr ertönte.

Stella riss die Augen auf und sprang zur Seite. »Sagt mal, habt ihr sie noch alle?!«

Vinz zeigte ihr den Lautsprecher und das Handy.

»Die App gibt's gratis«, sagte ich. »Heißt *Nature Sounds*. Da findet man so ziemlich alles, vom Vogelgezwitscher bis zum schneuzenden Walross.«

Stella setzte sich wieder hin. »Okay, erzählt weiter!«, sagte sie.

Ich räusperte mich. »Du bist also gerade im Wald. Dann rennst du zurück ins Zeltlager. Und schreist: ›Ein Bär, ein Bär!‹ Alle werden wach. Die Betreuer versuchen dich zu beruhigen. Aber natürlich glaubt dir keiner. ›Du hast einen Bären gesehen? Das hast du dir nur eingebildet!‹ Doch da hört man …«

Wieder machte ich Vinz ein Zeichen. Das Fauchen einer kämpfenden Katze ertönte – und verstummte plötzlich. Dann kam wieder das Bärenbrüllen. Und danach Stille.

»Und dann …«, sagte ich weiter, »… wird ein Zelt umgerissen!«

»Hä?«, fragte Stella. »Und wie soll das gehen, bitte schön?«

»Sie hat schon wieder ›bitte‹ gesagt«, sagte Vinz zu mir. Und zu Stella: »Pass lieber auf, sonst wirst du noch richtig nett.«

Stella knurrte. »Zu dir bestimmt nicht!«

Es war gar nicht so einfach mit den beiden. »Dafür brauchen wir ein paar von euren Kletterseilen«, sagte ich schnell zu Stella, bevor sie wieder anfing zu streiten.

Danach konnte man richtig sehen, wie es in Stella arbeitete. Als würden lauter Ameisen in ihrem Kopf herumwuseln, um ihre Gedanken zu ordnen. Schließlich sagte sie: »Aber das reicht doch nicht! Das bisschen Bärengebrüll und ein Zelt, das umfällt! Da muss man doch auch was sehen!«

»Glaubst du, wir sind bescheuert?«, sagte ich. »Natürlich sieht man da noch was. Du lässt mich ja nicht ausreden!«

»Und was sieht man?«, stöhnte Stella.

»Na ja, etwas Haariges. Nur ganz kurz.«

Stella dachte darüber nach. »Etwas Haariges?«

»Am Waldrand«, sagte ich. »Gib mal her!«

Ich nahm Vinzent das Handy ab und googelte das *Sechziger*-Maskottchen. Dann zeigte ich Stella das Bild.

Stella starrte mich an, als wollte ich ihr gerade die Augenbrauen piercen. »Ist das dein Ernst?«

»Klar ist das mein Ernst! Und weißt du was? Der wohnt gerade in unserem Hotel!«

»Quentin? DAS IST EIN LÖWE! IN EINEM FUSSBALLTRI-KOT!! UND NICHT MAL EIN ECHTER LÖWE!!!«

Das war mal wieder typisch. Da zerbricht man sich den ganzen Tag den Kopf – und was ist der Dank? Mecker, mecker, mecker! »Langsam glaub ich, du hältst mich für total bekloppt.« Ich seufzte. »Das Trikot ziehen wir ihm natürlich aus!«

KAPITEL 18

Stella war zwar nicht gerade begeistert von unserem Plan, aber sie hatte auch keinen besseren. Also musste sie wohl oder übel mitmachen.

Wir verabredeten uns wieder für Mitternacht am Seeufer. Dann schlenderten Vinz und ich zurück zum Hotel. Und dort hatten wir endlich auch mal Glück: Unsere Eltern waren wegen des schlechten Wetters viel zu lange in der Sauna geblieben. Weswegen sie beim Abendessen schon total k.o. waren. Nur dass an diesem Abend auch noch gegrillt wurde, weswegen Papa viel zu viel Spareribs und Maiskolben mit Kräuterbutter aß – und danach war er erst recht k.o. Und so schliefen unsere Eltern schon um neun Uhr abends selig wie zwei Eichhörnchen im Winter.

Während Vinz und ich uns ungestört an die Arbeit machen konnten!

Vor der Kammer mit den Putzmitteln, in der sich auch das Löwenkostüm befand, war unsere Glückssträhne aber schon wieder zu Ende. Es wäre zwar nicht schwer gewesen, einem der Zimmermädchen seinen Schlüssel vom Rollwagen zu stibitzen. Doch die Zimmermädchen waren dummerweise nur tagsüber im Hotel unterwegs. Vinz und ich mussten uns also was anderes einfallen lassen.

Ich ging zur Rezeption und sagte: »Entschuldigung. Meiner Mutter ist der Bademantel in die Wanne gefallen. Hätten Sie vielleicht einen Ersatzbademantel?«

Anscheinend passierte so was öfter, denn der Mann an der Rezeption nickte nur und verschwand in einem Nebenzimmer. Ich gab Vinz, der sich hinter einer Säule versteckt hatte, ein Zeichen, und er krabbelte hinter den Tresen und schnappte sich den Generalschlüssel, der über der Telefonanlage hing. Dann stahl er sich wieder davon. Als der Mann mit einem weißen flauschigen Bademantel zurück an den Tresen kam, bedankte ich mich und spazierte damit zu den Aufzügen, wo Vinz auf mich wartete.

Wir schauten, ob die Luft rein war. Dann sperrte Vinz die Tür zur Putzmittelkammer auf und wir zogen sie blitzschnell hinter uns wieder zu. Wir mussten nicht lange nach dem Löwenkostüm suchen. Es lag traurig in einem Regal und wartete quasi nur darauf, dass jemand mit ihm spielte. Wir rollten es zusammen und packten es in den Bademantel. Dann sprangen wir damit in den Aufzug, rannten den Flur runter zu unserer Familiensuite, schlichen an unseren schnarchenden Eltern vorbei in unser Zimmer – und da wartete schon das nächste Problem.

»Mist!«, sagte Vinzent.

»Ja«, sagte ich. »Scheiße!«

Wir hatten das Löwenkostüm auf unserem Bett ausgebreitet. Und es war natürlich viel zu groß! Warum war ich da nicht früher drauf gekommen? Unser Vater hätte da reingepasst! Ich mit meinen ein Meter zweiundvierzig ging dem Löwen gerade mal über den Bauch. Und Vinzent war noch mal fünfzehn Zentimeter kleiner als ich. »Was machen wir jetzt?«, fragte er.

Ich hockte mich auf die Bettkante und rieb mir das Gesicht. Aber das half auch nichts, also stand ich wieder auf. »Okay! Wir müssen einfach ein bisschen improvisieren.«

»Und was heißt das?«, fragte Vinz.

»Na, dass wir das Beste daraus machen!«

Ich nahm Vinz auf die Schulter. Mit Ach und Krach schafften wir es, aufzustehen. Vinz setzte sich den Löwenschädel auf. Dann wankten wir zum Spiegel. Größenmäßig kamen wir der Sache jetzt schon näher. Doch wir waren leider auch nicht breit genug! Mit uns sah das Maskottchen total abgemagert aus. Damit hätten wir nicht mal einen *FC Bayern*-Fan erschreckt. Die hätten uns höchstens einen Napf Milch und etwas Katzenfutter hingestellt. Aus lauter Mitleid.

»Wollen wir mal das Fußballtrikot ausziehen?«, sagte Vinz auf meiner Schulter. »Vielleicht schauen wir dann ja furchterregender aus?«

Ich machte den Reißverschluss ein Stück weit auf, damit ich auch was sehen konnte. »Meinst du?«

»Na ja, du darfst halt nicht so rumtorkeln.«

»Oh, entschuldige!«, flüsterte ich nach oben. »Möchtest du lieber tauschen?«

»Jetzt sei nicht gleich beleidigt!«

»Bin ich überhaupt nicht. Aber dafür, dass du so dünn bist, bist du ganz schön schwer. Meine Schultern schlafen mir schon ein!« Wir torkelten vom Spiegel zurück zum Bett und ließen uns auf die Matratze fallen, ungefähr so wie Papa nach seiner Überdosis Spareribs vorhin. Dann krabbelten wir aus dem Kostüm.

»Wollen wir uns vielleicht lieber als Gespenst verkleiden?«, fragte Vinzent. »Mit dem Bademantel. Und damit die Kinder erschrecken?«

»Super Idee!«, sagte ich. »Schlag das mal Stella vor! Das ist ein Pfadfinderlager, keine Kinderkrippe!«

»Fällt dir was Besseres ein? Ich weiß nicht, ob sich irgendein Pfadfinder vor einem abgemagerten und stockbesoffenen Löwen fürchtet! Und dann muss man den auch noch für einen Bären halten. Das ist alles ziemlich kompliziert.«

»Gut, dass du mich dran erinnerst!«, sagte ich.

»Hä – an was denn?«, fragte Vinz.

»Bären haben einen Stummel-
schwanz«, sagte ich und suchte die Schere in
dem Federmäppchen, das Papa für uns eingepackt hatte. Papa
meinte nämlich, dass uns in den Ferien ja auch mal langweilig
werden könnte und wir dann zum Zeitvertreib einen Übungs-
aufsatz schreiben wollten. Manchmal frag ich mich echt, ob
Väter irgendwann auch mal Kinder waren.

Nachdem ich die Schere gefunden hatte, drehte ich das Löwenkostüm auf dem Bett um.

»Du kannst ihm doch nicht den Schwanz abschneiden!«,
sagte Vinzent.

Ich seufzte. »Vinz! Nur zur Erinnerung: Das hier ist kein
echter Löwe. Außerdem ist das nur der Poschwanz.«

Ich reichte ihm eine Packung Bioschokolade, damit er keine
Fragen mehr stellte. Danach zog ich dem Löwen das Fußballtrikot aus. Und da hatte ich noch eine Idee.

»Waf?«, fragte Vinz mit vollem Mund.

»Ich weiß jetzt, wie man den Löwen für einen Bären halten
wird!«

Der Regen hatte aufgehört. Es tropfte nur noch ein bisschen
von den Bäumen, als wir zum See schlappten. Jetzt mussten
wir bloß Stella überzeugen, dann konnte es losgehen.

Aber als wir sie vor dem Zeltlager wieder an der Parkbank
trafen, gab sie als Erstes einen Grunzlaut von sich. »Oh Mann!«

»Was?«

»Was?!«, sagte sie. »Da fragst du noch? Was soll das denn? Ihr habt nur ein halbes Kostüm dabei!«

»Mhm-m«, machte ich. »Dabei haben wir uns auch was gedacht!«

»Ach ja, und was? Wollt ihr die anderen etwa nur *halb* erschrecken?!«

Ich schaute zu Vinzent rüber und deutete auf seinen Rucksack. »Hast du zufällig Klebeband dabei, mit dem ich Stella knebeln kann, damit sie mich endlich mal ausreden lässt?«

Vinz schüttelte den Kopf. »Nein, nur Schokolade.«

Erstaunlicherweise reichte das. Stella war total ausgehungert. So ausgehungert, dass sie sogar von Zartbitterschokolade ganz glasige Augen kriegte vor Glück.

Also nutzte ich die Stille, die aus ihrem Mund kam, und sagte: »Du hast dich doch früher bestimmt vor Monstern gefürchtet – Monster unter deinem Bett oder im Schrank –, weil du einen Schatten gesehen und ein Knarzen gehört hast.«

»Nee, du?«, fragte Stella.

»Nein, aber Vinz.«

»Stimmt überhaupt nicht!«, sagte Vinz.

Ich seufzte. »Okay, sind wir mal ehrlich! Wir haben uns alle mal vor Monstern gefürchtet! Oder?« Ich reichte Stella noch ein Stück Schokolade und sie nickte. Sogar Vinz nickte, obwohl der von mir keine Schokolade bekam.

Also redete ich weiter: »Letzte Sommerferien ist unser Auto kaputtgegangen und wir mussten zwei Tage in Rijeka auf die Reparatur warten. Rijeka liegt am Meer und ist ganz schön. Aber wenn man da ins Wasser geht, hat man nach zwei, drei Schritten keinen Boden mehr unter den Füßen. Das Meer ist da sofort richtig, richtig tief. Man sieht nur noch schwarz und Schatten. Da muss man echt die Arschbacken zusammenkneifen, dass man sich nicht in die Badehose macht. Aber egal. Einmal schwimm ich da so – und dann streift mich was am Rücken. So was Raues, wie nasses Schmirgelpapier. Weißt du, wie sich ein Hai anfühlt? Genau so. In dem Moment war ich mir sicher, das ist ein Hai. Weil die auch nicht sofort zubeißen. Sondern einen erst mal umkreisen und streifen – erst dann beißen sie zu. Das hab ich in einer Doku gesehen. Und dann ...«

»Hast du dir in die Hose gemacht?«, fragte Stella.

»Nein!«, sagte ich.

»Doch«, sagte Vinz. »Genau das ist dir damals passiert.«

»Da musste ich nur pupsen, Vinz. Und hatte ein bisschen Durchfall. Das spielt doch jetzt überhaupt keine Rolle!«

»Aber dieser komische Hai schon, oder wie?«, fragte Stella. »Lass mich raten! Ihr habt so ein aufblasbares Schwimmtier organisiert und wollt damit die Kinder erschrecken?!«

»Blödsinn!«, sagte ich. »Natürlich nicht! Aber als ich damals im Wasser war und mich umdrehte – da seh ich, das ist nur ein Surfbrett, das mich gestriffen hat! So eines zum Wellenreiten.«

»Es heißt *gestreift* und nicht *gestriffen*«, sagte Stella.

»Oh Mann!«, antwortete ich und atmete tief durch. »Was ich damit sagen will, ist …«

»Jaja, hab schon verstanden!« Stella biss in die Schokolade und machte ein *Mhm-lecker!*-Grunzen. »Man muss das Monster nicht sehen, um sich davor zu fürchten.«

»Genau!«

»Okay, versuchen wir's!«, sagte Stella.

Endlich!

Wir schlichen zum Waldrand. Dort holte ich den Lautsprecher und Mamas Handy aus dem Rucksack. Dann hielt ich die untere Hälfte des Löwenkostüms so, dass mein Bruder in das linke Bein steigen konnte und ich in das rechte.

»Bereit?«, fragte ich.

Vinzent nickte.

Ich schaute Stella an. Auch sie nickte – und wir gingen unseren Plan noch mal durch.

Stella sagte: »Okay. Wenn ich das Brüllen höre, weck ich alle anderen im Zelt. ›Hört ihr das? Das ist doch ein Tier!‹ Dann brüllt ihr draußen wieder, und ich sag, dass ich nachschauen gehe. Und draußen schrei ich dann herum: ›Ein Bär, ein Bär!‹«

Es fing wieder an zu regnen.

»Mist!«, stöhnte Stella.

»Nein, das ist gut«, sagte ich. »Mit Regen sieht man weniger. Das macht es gruseliger. Also, was tust du dann?«

»Ich renn zurück ins Zelt«, sagte Stella. »Und mach alle wahnsinnig. ›Wir müssen abhauen! Da draußen ist ein Bär!‹ Und in dem Moment, wo wir alle rausrennen, verschwindet ihr gerade hinter dem Baum im Wald. Sodass wir nur noch ein Stück Fell von euch sehen.«

»Genau! Dann drehen wir noch mal den Lautsprecher auf – ihr hört wieder das Bärengebrüll … und rennt alle zum See, um euch in Sicherheit zu bringen!«

Wir wechselten einen letzten Blick. Dann schlich Stella zurück ins Mädchenzelt.

Und die Show konnte losgehen!

KAPITEL 19

Als wir am Waldrand auf das Handy tippten, ertönte zwar das Bärengebrüll, aber sonst passierte nichts.

»Mach mal lauter«, sagte Vinzent.

Ich drehte den Lautsprecher auf Stufe fünf.

»Noch lauter!«, meinte Vinz.

»Es geht nur bis zehn«, sagte ich. »Wenn ich jetzt volle Pulle mach, können wir uns nicht mehr steigern!«

»Aber es passiert nichts!«, sagte Vinz.

Ich drückte ihm den Lautsprecher in die Hand und schlüpfte aus meinem Bärenbein. »Aber nicht mehr als sieben!«, sagte ich. Dann suchte ich was zum Werfen.

Und Vinz drehte den Lautsprecher auf.

»Nicht so laut«, sagte ich.

»Wieso denn nicht?«

»Mann, hörst du schlecht? Weil wir uns dann nicht mehr steigern können!« Ich fand einen morschen Ast am Boden – der allerdings ganz schön schwer war. Ich musste mich damit wie ein Hammerwerfer bei Olympia drehen – und das Ding landete trotzdem schon nach zehn Metern auf dem Boden.

»Da!«, rief Vinz.

Ein heller Fleck leuchtete am Mädchenzelt auf. Jemand hatte seine Taschenlampe angeschaltet. Hoffentlich nicht nur Stella.

Wir warteten. Ich nickte Vinzent zu. Er drehte den Lautsprecher auf acht. Die zweite Taschenlampe ging an. Sehr gut. Dann passierte wieder nichts. Mist.

Ich fand ein paar eiergroße Steine, die aus der Erde lugten, und schaffte es, drei davon auszugraben. Vinzent schaltete derweil auf die fauchende Katze um, deren Kreischen plötzlich abbrach – und von dem brüllenden Bären übertönt wurde.

Da krochen, angeführt von Stella, die ersten Mädchen aus dem Zelt.

Als ich die drei Steine in hohem Bogen auf das Küchenzelt warf, klapperte und klirrte es, und ein Mädchen fing an zu schreien. Dann noch eins. Dann alle.

»Wow, die haben aber Schiss! Wir sind anscheinend ganz schön gut«, sagte Vinz.

Was wir in dem Moment noch nicht wussten – weil wir uns da noch nicht umgedreht hatten –, war, *wovor* die Mädchen Schiss hatten. Nämlich nicht vor uns! Aber wir drehten uns erst um, als auch die Jungs aus ihrem Zelt stolperten – und anfingen, nach ihren Mamis zu rufen. Denn da ertönte dieses schreckliche Brüllen, das garantiert nicht aus unserem Lautsprecher kam. Der ging ja nur bis Stufe zehn, und dieses Brüllen war echt – und ungefähr auf Stufe dreißig.

Danach brach Chaos aus. Richtiges Chaos! Kein Wunder,

wenn auf einmal ein echter Bär in so ein Zeltlager trampelt.

Jetzt stürmten auch die Betreuer aus ihren Zelten. Einer zog sich noch das Hemd an, ein anderer stolperte über seine Schnürsenkel – während die Kinder schrien und heulten und in alle Richtungen davonliefen.

Es schlief jedenfalls niemand mehr hier. Alles lief also nach Plan. Nur dass wir das gar nicht so geplant hatten.

Der Bär, also der echte Bär, war jetzt mitten auf dem Zeltplatz – und auf dem Weg zum Küchenzelt.

Und der falsche Bär, also Vinz und ich? Wir hatten schon gegessen und liefen lieber mal davon.

Nur dass Vinz plötzlich stehen blieb. »Mamas Handy!«, rief er mir zu. »Und der Lautsprecher!«

»Willst du mich vergackeiern?«, fragte ich. »Keine Ahnung, ob der Bär sich dafür interessiert – aber wenn ja, darf er den Krempel gerne haben!«

»Mama flippt doch aus, wenn sie ihr Handy nicht hat!«

»Was meinst du, wie die ausflippt, wenn wir von einem Bären gefressen werden!« Ich schubste Vinzent weiter. »Los! Abhauen!«

Aber Vinz rannte zurück. Und holte das Handy. Und den Lautsprecher! Der Typ war komplett lebensmüde. »So, jetzt können wir abhauen«, sagte er, als er wieder neben mir stand.

»Ach, echt? Ganz sicher? Willst du nicht noch ein paar Blümchen pflücken für Mama? Oder schauen, ob es hier vielleicht auch noch Wölfe gibt?!«

»Jetzt quatsch nicht so viel, komm!«, meinte Vinz außer Atem.

Wir liefen weg. Das tat der richtige Bär dann auch. Plötzlich war nämlich die Sirene eines Polizeiwagens zu hören, der mit blinkendem Blaulicht näher kam, und genauso wenig wie wir wollte der echte Bär anscheinend auch nicht von der Polizei erwischt werden.

Später, als wir wieder in unserem Hotelbett lagen, aber lange noch nicht schlafen konnten, im Gegensatz zu unseren ahnungslosen Eltern im Nebenzimmer, fanden wir sogar heraus, *warum* der Bär ins Zeltlager gekommen war.

In Kärnten gab es laut *Wikipedia* ingesamt nur acht Bären. Und zwar acht *männliche* Bären. Na ja, und wie sich herausstellte, kam das Bärengebrüll aus unserer Tiergeräusche-App von einem Weibchen.

Dem Bären im Zeltlager ging es also so ähnlich wie mir mit Schlumpfine. Da sitzt man gemütlich in seinem Wald – und plötzlich brüllt ein Weibchen. Ich hätte an seiner Stelle wahrscheinlich auch versucht, die zu vertreiben.

Immerhin hatte das endlich geklappt! Schlumpfines Mutter kam gleich am nächsten Morgen, um sie abzuholen. Stella musste nicht mal darum bitten.

Aufgelöst wurde das Zeltlager trotzdem nicht. In Österreich macht man sich wegen eines Bären nicht gleich in die Hose. Da muss vermutlich erst ein Dinosaurier auftauchen, bevor man mal Alarm schreit. Das sind eben noch richtige Naturburschen. Es stand zwar was in der Zeitung über den Vorfall. Aber erst auf Seite 17. Dafür stand auf der Titelseite:

Skandal! Sechziger-Maskottchen Schwanz abgeschnitten! Täter vermutlich Bayern-Fan!

Na ja. Hauptsache, ich war endlich frei! Keine Superbitch mehr! Schlumpfine war Geschichte – die konnte in Zukunft jemand anderen ärgern.

Endlich! Das neue Schuljahr konnte kommen. Stella würde auf irgend so eine schnöselige Privatschule gehen, wo sie auch hingehörte – und ich würde auf der Gesamtschule meine Ruhe vor ihr haben! Der Gedanke war so herrlich, dass ich mich fast schon auf den Schulanfang freute.

Aber nur fast. Erst mal fuhren wir weiter nach Kroatien.

Es war der schönste Urlaub meines Lebens. Die Tage waren endlos lang, und wir angelten – weil man am Meer keinen Angelschein brauchte –, und ich fing drei Sardinen! Und Vinz mit seinem Kescher einen Tintenfisch.

Der dachte nämlich, es würde genügen, ein bisschen Tinte zu versprühen, um uns loszuwerden. Na, der hatte sich getäuscht.

Aber wir ließen ihn genauso wieder frei wie die Krebse, die wir abends in der Bucht vor der Ferienanlage jagten.

Einmal sahen wir sogar Delfine – auf einer Bootsfahrt zur Nachbarinsel. Sie sprangen aus dem Wasser, als wollten sie uns begrüßen. Ansonsten machten wir, was man am Meer eben so macht. Wir spielten Tischtennis oder »Badehosenlotto«, wobei es darum ging, dem anderen die Hose runterzuziehen, wenn gerade ein Mädchen vorbeikam. Ach, es war herrlich! Wir aßen Pommes, bis sie uns zum Hals raushingen. Und dann Pfannkuchen – bis wir wieder Lust auf Pommes hatten.

Ich wünschte, unsere Eltern wären immer so locker wie im Urlaub. Abends unterhielten sie sich mit irgendwelchen anderen Eltern in der Ferienanlage – und wir durften so lange aufbleiben, wie wir wollten. Und am nächsten Morgen ausschlafen, solange wir wollten. Wir hatten sogar ein Haustier! Eine kleine Katze, die uns zugelaufen war und die wir »Deejay Tiger« nannten, weil sie mit der rechten Vorderpfote immer so eine Ruckelbewegung machte, wie ein DJ auf einer Party, der mit irgendwelchen alten Platten hantierte.

Das war das einzig Traurige an dem Urlaub – dass wir Deejay Tiger nicht mit nach Hause nehmen durften. Ansonsten kamen wir braun gebrannt und fröhlich zurück. Es war Anfang September und wir hatten immer noch eine Woche Ferien. Das Wetter blieb schön und ich war jeden Tag im Freibad. Ich war das glücklichste Kind der Welt.

Aber nicht mehr lange!

Direktor Brandl ließ am Waschbecken in der Ecke zwei Gläser mit Wasser volllaufen. Dann holte er eine zerbeulte Metallbox aus seiner Aktentasche.

»Käse oder Salami?« Er hielt zwei belegte Brote hoch.

Ich nahm Käse und zupfte ein paar Krümel für Ingrid, mein kleines Huhn, ab. So aßen wir einen Moment lang. Dann sagte Direktor Brandl: »Wie hast du dir das denn vorgestellt? Dass Stella zu ihrer Mutter geht und sagt: ›Du, Mama, ich muss jetzt doch auf eine andere Schule ...‹? Und ihre Mutter regelt das dann einfach?«

»Fo war'f abgemacht«, sagte ich mit vollem Mund.

Direktor Brandl schaute mich an, als wäre ich eine Giraffe im Zoo, die sich gerade selber in den Hintern beißt.

»Was ist nach den Ferien passiert?«, fragte er.

Ich schluckte den letzten Bissen Käsebrot runter. Dann schüttete ich einen Schluck Wasser aus dem Glas in meine Handfläche, damit Ingrid auch was zu trinken hatte, und sagte:

»Na ja, das Übliche. Nach den Ferien war leider wieder Schule ...«

DRITTER TEIL

wer andern eine
Falle stellt ...

KAPITEL 20

Endlich durfte ich mit einem Rucksack in die Schule – weil ich jetzt in der Fünften war! Dem Direktor erzählte ich das natürlich nicht – auch vieles anderes nicht –, aber ihr sollt die ganze Wahrheit wissen. Mein alter Schulranzen wanderte in den Keller – und mit ihm die zehntausend Reflektoren und albernen Dinosaurierbildchen, auf die ich schon in der Dritten keine Lust mehr gehabt hatte. Endlich war ich einer von den Großen!

Ich bekam sogar ein neues Fahrrad, weil ich über den Sommer ein ganzes Stück gewachsen war. Also, ein neues gebrauchtes Fahrrad – aber immerhin ein Mountainbike.

Nur hatte ich mich zu früh gefreut, was die Reflektoren anging. Die hatte mein Vater von meinem alten Ranzen amputiert und pünktlich zum ersten Schultag auf mein neues Fahrrad verpflanzt. Sodass ich jetzt wie ein leuchtender Weihnachtsbaum durch die Gegend fuhr, und das schon im September.

Aber egal. Dafür würden mich wenigstens die Zehntklässler nicht wegen meines hässlichen Grundschülerschulranzens quer über den Pausenhof kicken.

Der kam mir jetzt übrigens viel größer vor als am Infoabend vor den Sommerferien. Und er war so voll! Es ging zu wie in einem Einkaufszentrum. Man musste Slalom laufen, um von den Großen nicht umgerannt zu werden.

In der Schule war es nicht viel besser. Wie man in dem Gewimmel von einem Klassenzimmer zum nächsten kommen sollte, war mir ein Rätsel. Mir war überhaupt ziemlich mulmig zumute, und ich war ganz froh, dass mich heute mein Vater begleitete, weil es der erste Schultag war. Doch dann lief ich Mats aus meiner Grundschulklasse über den Weg, der genauso erleichtert war wie ich, hier ein bekanntes Gesicht zu sehen. Da fühlte ich mich schon besser. Aber kaum hatten wir uns in der Aula hingesetzt, wo die Klassenlehrer die neuen Fünftklässler einteilten, da wurden wir auch schon wieder getrennt. Mats kam in die 5 b, ich in die 5 d.

Und dort kannte ich niemanden.

Wenigstens ergatterte ich einen Fensterplatz in meinem neuen Klassenzimmer. Und der Junge, der sich neben mich setzte, schien auch ganz okay zu sein. Er hieß Ritesh und seine Eltern kamen aus Indien. Ich dachte schon, dass ich in Zeitlupe mit ihm sprechen müsste, damit er mich auch verstand. Aber dann übergoss er mich mit einem Wasserfall an Worten, sodass ich mehr Probleme hatte, mit *ihm* mitzukommen.

Als Herr Fritsche, unser Klassenlehrer, seinen Namen an die Tafel schrieb, wurde es ruhig. Alle waren gespannt, wie es jetzt weitergehen würde – die fünfte Klasse war ja was ganz Neues für uns.

Und da klopfte es. Die Tür ging auf. Der Direktor kam herein. »Wir haben noch eine Nachzüglerin, Herr Fritsche«, sagte er.

Danach bin ich, glaube ich, in Ohnmacht gefallen. Auch wenn das anscheinend niemandem auffiel. Aber ich hörte nichts mehr. Es war, als wären plötzlich alle Geräusche dieser Welt in ein schwarzes Loch gesaugt worden. Ich spürte nur noch mein Herz schlagen.

Und es war kurz davor, zu explodieren! Denn wer stand da auf einmal im Klassenzimmer? Ich rieb mir die Augen. Aber es half nichts. Sie stand immer noch da – und zwar ganz brav neben Direktor Brandl. Schlumpfine! Sie schaute scheu wie ein Reh zu Boden.

Wie machte die das nur? Stella war ja vieles – aber garantiert nicht scheu wie ein Reh. Das hier konnte doch nicht wahr sein!

Ich kniff die Augen zu und wartete darauf, mitten in der Nacht in meinem Zimmer aufzuwachen – mit meiner Mutter am Bett, die mir sanft zuwisperte: »Du hast nur schlecht geträumt, Quentin. Schlaf weiter!«

Doch daraus wurde nichts. Als ich die Augen wieder aufmachte, war Stella immer noch da.

Was in den nächsten zwei Schulstunden passierte, daran kann ich mich absolut nicht erinnern. Es war, als hätte mir jemand mein Hirn weggenommen, es mir aber netterweise zur großen Pause wiedergegeben.

Ich wankte als Letzter aus dem Klassenzimmer und den

Gang entlang zur Treppe. Ich musste unbedingt an die frische Luft. Aber auf dem Schulhof sah ich Stella wieder. Sie lehnte an einem Baum und war mit ihrem Handy beschäftigt.

Auf einmal hatte ich eine Riesenwut. Hätten in diesem Moment Bundesjugendspiele stattgefunden, wäre ich die fünfzig Meter in einem Atemzug gelaufen und mindestens zehn Meter weit gesprungen. Ich schubste einen Jungen zur Seite, der mir im Weg war, dann baute ich mich vor Stella auf.

»Was machst du hier?«, fauchte ich sie an.

Stella blickte nur kurz von ihrem Handy auf und sagte so selbstverständlich, als würde gar keine andere Antwort infrage kommen: »*WhatsApp*. Meine Mutter hat vergessen, mir den Orangensaft einzupacken. Ach, bestimmt weißt du gar nicht, was *WhatsApp* ist. Damit kann man Textnachrichten, Fotos und Videos verschicken, wenn man mobiles Internet hat. Mist, das kennst du bestimmt auch nicht. Na ja, irgendwann lernst du das noch alles. Wenn du selber ein Handy hast.«

Da wurde ich natürlich noch wütender. Ich hatte eigentlich gedacht, dass ich zum Schuljahresbeginn endlich ein eigenes Handy kriegen würde. Aber nichts da! Meine Eltern hatten irgendeinen blöden Artikel in irgendeiner blöden Zeitung gelesen, in dem stand, dass Smartphones für Kinder noch viel gefährlicher waren als bisher angenommen. Das war bestimmt eine glatte Lüge – aber deswegen musste ich jetzt mindestens bis Weihnachten warten, bis ich ein Handy bekam.

Ich kochte richtig vor Wut. Was aber ganz gut war, denn plötzlich drängte sich ein Junge zwischen mich und Stella. Er war größer als ich und mindestens doppelt so breit. Er war mir in der Aula schon aufgefallen. Er hieß Daniel und war auch in der Fünften, in der 5 a, und so ungefähr das Netteste, was man über diese Schwabbelbacke sagen konnte, war, dass er sich heute Morgen immerhin angezogen hatte und nicht nackt durch die Gegend lief.

»Warum schubst du mich?«, sagte er.

»Was?«, fragte ich.

»Jetzt schau nicht so unschuldig – du hast mich gerade geschubst!«

Ich sah Stella an. »Hab ich ihn gerade geschubst?«

Stella schaute nur kurz von ihrem Handy auf. »Glaubst du, das interessiert mich?«

Da pikste mich Daniel mit dem Zeigefinger in die Brust. »Hey! Ich rede mit dir!«

»Ja, aber ich nicht mit dir«, sagte ich. »Ich bin nämlich gerade beschäftigt!« Ich deutete auf Stella.

Daniel grinste so fies wie ein Opernsänger, der gleich anfängt zu singen. »Oh, da spielt wohl einer lieber mit Mädchen, mhm?«

Ich seufzte. Aber es half ja nichts. Also sagte ich: »Genau. Und du – kannst du mal kurz mit dir selber spielen?« Dann wandte ich mich wieder Stella zu: »Also, was soll das hier?«

»Warte«, sagte sie. »Ich muss das noch schnell abschicken.«
Sie tippte wieder auf ihrem Handy rum. Extra langsam natürlich. Um mich noch mehr zu ärgern.

Was leider auch klappte! Ich knöpfte ihr das Handy ab und sagte: »Ich will jetzt sofort wissen, was du hier machst! Du wolltest auf eine Privatschule gehen! Wir hatten eine Abmachung! Ich befrei dich aus deinem dämlichen Ferienlager – und dafür gehst du nicht auf diese Schule hier!«

Doch bevor Stella antworten konnte, rempelte mich dieser Daniel wieder an. Also sagte ich: »Okay, Kumpel, jetzt hab ich langsam die Schnauze voll ...« – was ich normalerweise nie gesagt hätte, aber in dem Moment war ich so sauer, dass ich das wahrscheinlich auch dem *Unglaublichen Hulk* ins Gesicht gepfiffen hätte. Und mehr musste ich auch gar nicht sagen.

Denn vorher verpasste mir Daniel ein blaues Auge.

Und dann war die Pause um.

KAPITEL 21

Mein Vater war stinksauer. Anstatt mir – wie nette Väter das gemacht hätten – ein Kühlpack für mein Auge zu geben und dann noch zum Trösten zwei Stunden Extracomputerzeit, kochte er Vollkornspaghetti mit Spinat und Schafskäse zu Mittag. Die Soße sah aus, als hätte jemand seine Pickel über dem Komposthaufen ausgedrückt. Aber *ich* wurde geschimpft!

»Am ersten Schultag!« Er schüttelte den Kopf. »Am ersten Schultag musst du dich schon prügeln!«

»Hallo? Der Typ hat *mich* geschlagen!« Ich zeigte auf mein blaues Auge.

»Aber du hast angefangen!«

»Als ob!«, sagte ich. »Glaub du nur immer den Lehrern!«

Papa drehte sich am Herd zu mir um und wedelte mit dem Kochlöffel im Takt seiner Worte: »Wieso sollte mich dein Klassenlehrer bitte anlügen? Glaubst du etwa, Herr Fritsche sagt sich, wenn er Pausenaufsicht hat: ›So! Jetzt schnapp ich mir einen Schüler und mach dem mal so richtig Ärger!‹«

»Nein«, antwortete ich. »Aber vielleicht fragt er sich: ›Mhm? Was ist denn da hinten los? Ich hab ja gar nicht gesehen, wie das angefangen hat. Also frag ich doch mal das nette Mädchen, das daneben steht.‹ Nur dass das nette Mädchen gar nicht nett ist, sondern Schlumpfine!«

»Wie bitte?«

»Ich meine Stella.«

»Und warum sollte Stella deinen Lehrer anlügen?«

»Weil sie mich hasst?«

»Jaja – immer sind bei dir die anderen schuld!« Mein Vater schüttelte wieder den Kopf und wandte sich seiner Komposthaufensoße zu. Ich stand auf. Irgendwann ist mal Schluss. »Wo willst du hin?«, fragte er.

»Mir einen netten Vater suchen!«

»Das kannst du machen, wenn du aufgegessen hast! Setz dich wieder hin!«

Machte ich aber nicht. Ich ging aus der Küche, knallte die Tür, und dann knallte ich noch mal die Tür, als ich in mein Zimmer ging.

Und weil hier als Nächstes mein Vater auftauchen würde, kletterte ich aus dem Fenster, dann auf das Mülltonnenhäuschen und von da auf die Garage.

Dort fand mich Vinzent später. Er hatte eine Packung Kekse dabei. Zwar nur Bio-Dinkel-Kekse, aber immer noch besser als Spaghetti mit Komposthaufensoße.

»Danke«, sagte ich.

»Ich dachte, Stella geht jetzt auf eine Privatschule.«

»Das dachte ich auch, aber sie hat mich verarscht. Sie hat mich eiskalt angelogen! Nur damit ich sie aus diesem verpupsten Ferienlager raushole.« Ich lehnte mich gegen die Mauer und knabberte an einem Keks. Es war echt zum Heulen. »Ich werd die einfach nicht los!«, sagte ich.

Vinz nahm sich ein paar Kieselsteine und zielte auf das gekippte Fenster des Yoga-Zentrums gegenüber. »Du könntest durchfallen«, sagte er. »Dann wärst du sie nächstes Jahr los.«

»In der Gesamtschule kann man nicht durchfallen. Das ist ja der Witz daran.«

»Oh«, sagte Vinz. »Mist.«

Die Yoga-Typen fingen hinter ihrem Fenster mal wieder an zu singen: so ein Lied, das total nervig nur aus Ah-, Oh- und Sch-Lauten bestand.

»Stella müsste schon von der Schule fliegen, damit ich sie los bin. Doch wie's ausschaut, flieg wahrscheinlich eher ich!«

»Aber das wär doch gut! Dann bist du sie auch los.«

Ich nahm eine Wasserbombe aus unserem Versteck und warf sie durch das gekippte Fenster in die Yoga-Höhle. Danach war erst mal Schluss mit dem Ah-Oh-Sch-Gebrabbel.

»Vinz! Hast du nicht gehört, wie Papa sich gerade aufgeregt hat? Wenn ich von der Schule fliege, krieg ich mindestens fünf Jahre Hausarrest. Und Medienverbot! Wahrscheinlich führt er dann sogar wieder Süßigkeitenverbot ein. Obwohl – bei uns gibt's ja eh nur noch dieses Biozeug!«

Ich legte die Kekspackung weg, und Vinz ging neben mir in Deckung, als gegenüber das gekippte Fenster aufgerissen wurde und uns die schlabberweiß gekleidete Yoga-Lehrerin erst mit dem Weltfrieden und dann mit der Polizei drohte.

»Vielleicht hast du ja Glück und sie zieht weg«, flüsterte Vinz.

Ich seufzte leise. »Was meinst du, was ich dafür alles tun würde?«, flüsterte ich zurück.

Mein erster Schultag war also ein ziemlicher Reinfall. Dann denkt man sich ja eigentlich: Ach, ab jetzt kann's nur noch besser werden! Aber Pustekuchen.

In den nächsten Wochen schrieben wir die ersten Schularbeiten und in Deutsch bekam ich eine Fünf. Ausgerechnet in Deutsch! Dem einzigen Fach, für das man nicht lernen muss.

Jetzt musste ich auch noch *dafür* lernen!

Dann war da Daniel – der mir das blaue Auge verpasst hatte. Auf dem Pausenhof schlich er immer um mich herum wie ein Hai vorm Mittagessen. Genauso schlimm war Herr Fritsche, unser Klassenlehrer – der mir total auf die Nerven ging seit seiner Verwarnung am ersten Schultag. Nicht nur, dass wir ihn in Deutsch hatten, wo er gerne mit Fünfen um sich warf, vor allem in meine Richtung. Nein, der war auch sonst total Panne: zu den Mädchen supernett, der Schleimer, aber zu uns Jungs wahnsinnig streng.

Mit Mats, der in der 5 b gelandet war, hatte ich gar keinen Kontakt mehr. Als wären wir nie zusammen in der Grundschule gewesen. Wenigstens war Ritesh, mein Banknachbar, in Ordnung. In Deutsch half er mir sogar dabei, dass ich mich immerhin auf eine Vier verbesserte.

Doch Ritesh war leider total in Stella verknallt, was wahnsinnig nervte – weil er mir deswegen immer irgendwelche Löcher in den Bauch fragte. Zum Beispiel: »Wie ist sie denn so? Ihr wart doch zusammen in der Grundschule.«

Dann sagte ich: »Ich weiß nicht, wie ich dir das erklären soll. Für Stella sind noch nicht die richtigen Worte – und ich meine: Schimpfworte – erfunden worden … Aber ich arbeite daran!«

»Hä?«

»Ach, nichts. Vergiss sie einfach.«

Tat er aber nicht. »Also, ich find sie nett!«

Da war er nicht der Einzige in unserer Klasse. Es gab noch mindestens fünf andere Jungs, die Stella heimlich anschmachteten. Aber statt sich mit ihrem neuen Harem zu beschäftigen, fing sie wieder an, mich zu ärgern.

Entweder fiel mein Federmäppchen runter. Natürlich nur, wenn es offen war – weil Stella sich *zufällig* an unserem Tisch anstieß. Oder wenn ich in der Mensa nachsalzen wollte, dann hatte ich keine Prise, sondern einen ganzen Klumpen Salz in meinem Essen – und den Deckel des aufgeschraubten Salzstreuers noch dazu.

Aber ich weiß nicht, was schlimmer war: die rosa Einhornaufkleber auf meinem Fahrradsattel? Oder die Herzchenaufkleber am Lenker? Am meisten nervte wahrscheinlich, dass immer wieder meine Anziehsachen in der Umkleide fehlten, wenn wir vom Sportplatz zurückkamen.

Doch kaum wehrte ich mich mal – wie im Kunstunterricht, wo ich Stellas Malkasten mit einer Stinkbombe präparierte –, da wurde ich prompt von Frau Hochmuth erwischt. Und man kann sich vorstellen, zu wem die hielt – zu Stella natürlich, Mädchen halten ja immer zusammen.

Und ich? Durfte als Strafe nach Unterrichtsschluss alte Kaugummis unter den Schulbänken wegkratzen.

Und so würde das die nächsten neun Jahre weitergehen!

Wenn ich Schlumpfine nicht endlich loswurde!

Aber zum Glück hat man manchmal ja auch … Glück! Wie ich, als ich im Klassenzimmer mein Geodreieck vergessen hatte und noch mal zurückmusste – und gerade noch rechtzeitig auf die Bremse trat, als ich Stellas Stimme drinnen hörte.

Sie redete mit Herrn Fritsche. Sie hatte ihre Hausaufgaben nicht gemacht. Angeblich, weil sie übers Wochenende ihren Vater besucht hatte – der jetzt in Berlin lebte.

Und das brachte mich auf eine Idee …

KAPITEL 22

Als Erstes besorgte ich mir so ein Mädchenbriefpapier mit Katzenbabys drauf. Das gab es in dem Schreibwarenladen bei uns um die Ecke. Und nach den Hausaufgaben tat ich mal wieder so, als würde ich *Minecraft* spielen. Doch als ich endlich alleine im Wohnzimmer war, ging ich heimlich ins Internet und gab den Namen *Mackert* und als Stadt *Berlin* in einem Online-Telefonbuch ein.

Stella hieß mit Nachnamen Winkler und lebte bei ihrer Mutter. Auf ihrem Klingelschild stand aber *Winkler-Mackert* und das *Mackert* war durchgestrichen, also hieß ihr Vater wahrscheinlich Mackert.

Es gab zwölf davon in Berlin. Aber fünf Mackerts hatten Frauenvornamen und die landeten gleich mal im Papierkorb. Die sieben männlichen Berliner Mackerts bekamen von mir einen Brief.

Dass nur einer dieser sieben Briefe ins Ziel gehen würde, machte ja nichts. Hauptsache, *der* traf.

Und darin stand Folgendes:

Sehr geehrter Herr Mackert,

ich gehe seit der ersten Klasse mit Stella zur Schule und kennen sie deswegen recht gut, auch wenn sie Ihnen noch nie etwas von mir erzählt hat. Dass ich Ihnen schreibe, hat einen sehr traurigen Grund: Stellas Mutter. Wenn wir uns in der Pause unterhalten, weint sie manchmal. Also Stella, nicht ihre Mutter. Die ist nämlich voll fies! Stella würde viel lieber bei Ihnen in Berlin leben. Bitte nehmen Sie sie also zu sich, damit sie endlich wieder glücklich sein kann.

Danke!

Ein besorgter Mitschüler

(der lieber namenlos bleiben möchte)

Ich war ganz schön am Stöhnen, weil für die Briefmarken mal wieder anderthalb Wochen Taschengeld draufgingen. Doch wenn ich damit Stella loswurde, war es das wert. Die war ja in letzter Zeit auch nicht gerade zimperlich gewesen.

Und so hatte ich die nächsten vier Tage ziemlich gute Laune. Selbst wenn Stella im Unterricht mal wieder angeblich alles besser wusste – dann träumte ich einfach von der Stille, die unser Klassenzimmer erfüllen würde, wenn Stella endlich weg wäre.

Aber dann knallte sie mir am fünften Tag meinen Brief

auf die Bank. Wir waren alleine im Klassenzimmer. Ich hatte ausnahmsweise mal nicht verpennt und war als Erster da gewesen.

Stella starrte mich unglaublich wütend an. »Was soll das?!«

»Was denn?«

»Na, das!« Sie deutete auf den Brief.

Ich tat so, als würde ich ihn zum ersten Mal sehen. »Mhm«, machte ich extra unschuldig.

»*Mhm?!* Ist das alles, was dir dazu einfällt? Weißt du, was für eine miese Nummer das ist, so einen Brief zu schreiben?« Jetzt schwammen sogar ein paar Tränchen in ihren Augen. Aber das beeindruckte mich überhaupt nicht. Mein Bruder konnte auch auf Knopfdruck heulen.

Nur Herr Fritsche kannte sich dummerweise null mit Mädchen aus und war sofort in Alarmbereitschaft, als er ins Klassenzimmer kam: »Stella. Warum weinst du denn?«

»Die tut nur so«, sagte ich.

Doch Herr Fritsche warf mir nur einen strengen Blick zu. Stella hielt ihm den Brief hin. Sie tat jetzt so, als könnte sie vor lauter Tränen gar nicht mehr sprechen.

»Hast *du* den geschrieben?«, fragte Herr Fritsche, nachdem er den Brief gelesen hatte.

Aber für so einen Fall hatte ich ja ein Alibi mit eingebaut. Ich deutete auf die Unterschrift. »Da steht: *ein besorgter Mitschüler*. Das war ich garantiert nicht!«

»Ich kenn doch deine Schrift, Quentin!«, bluffte Herr Fritsche.

Und auch auf den Trick fiel ich nicht rein. Ich war ja nicht blöd. Ich hatte Vinzent den Brief noch mal abschreiben lassen, bevor ich ihn wegschickte. Ich schlug mein Deutschheft auf. »*Das* ist meine Schrift!«, sagte ich.

Nur eins hatte ich übersehen.

»Da steht aber: *Ich gehe seit der ersten Klasse mit Stella zur Schule* – das kannst also nur du sein.«

»Und was ist mit Mats? Aus der 5 b!«, sagte ich.

»Der ist erst in der zweiten zu uns gekommen!«

Mist. Das stimmte.

Herr Fritsche sah mich an und schüttelte enttäuscht den Kopf. Das machte mir aber gar nichts aus. Was mir allerdings etwas ausmachte, war, dass er danach meine Eltern in seine Sprechstunde einlud. Und die waren nicht gerade begeistert, als sie da wieder herauskamen.

Weswegen sie mich danach in *ihre* Sprechstunde einluden.

»Wie kannst du jemandem nur einen so gemeinen Streich spielen?«, fragte mein Vater.

»Und ausgerechnet Stella!«, sagte meine Mutter. »Ihr kennt euch doch schon seit der Grundschule.«

»Ja. Leider!«, sagte ich.

»Auch wenn du Stella nicht magst, Quentin: Was du getan hast, ist nicht in Ordnung.« Mein Vater stand auf und trug mit einem dicken Filzstift eine Woche Hausarrest und zwei Wochen Medienverbot für mich in den Küchenkalender ein. Ich wollte schon protestieren – aber da sagte Papa noch: »Du fragst dich sicher, warum du nur so eine kleine Strafe kriegst ...«

»Klein?«, unterbrach ich. »Ich frag mich eher, warum ihr mich nicht gleich ins Gefängnis gebt.«

Da setzte Papa wieder den Filzstift an den Kalender. Und machte aus einer Woche Hausarrest zwei Wochen.

»Damit wir uns noch steigern können!«, sagte er.

KAPITEL 23

Ich durfte nicht mal Hörspiele hören! Alles, was ich noch durfte, war Lesen. Und Hausaufgaben-Machen. Pff! Ein eigenes Handy als Weihnachtsgeschenk konnte ich mir jetzt auch abschminken. Das würde ich, wenn überhaupt, erst im nächsten Schuljahr bekommen, sagten meine Eltern. Und wenn mir langweilig würde, dann könnte ich zur Abwechslung ja auch mal was lernen, hatte Papa vorgeschlagen.

»Und apropos lernen«, sagte er noch. »Fehler sind dazu da, dass man daraus lernt. Nur wer zweimal den gleichen Fehler macht, ist wirklich dumm. Denk mal darüber nach!«

Tja. Das hätte er besser nicht gesagt. Denn ich dachte tatsächlich darüber nach. Und wenn wir nicht gerade sauer aufeinander gewesen wären, wäre ich Papa wahrscheinlich vor Dankbarkeit in die Arme gesprungen. Ich hatte jetzt nämlich einen neuen Plan. Und der war genial!

Ich würde wieder einen Brief schreiben. Nur besser diesmal – und natürlich nicht an Stellas Vater.

Und das Geniale an diesem Plan war, dass er nicht neu war. Wie hatte mein Vater gesagt? Nur wer den gleichen Fehler *zweimal* macht, ist blöd. Und nicht mal Herr Fritsche würde glauben, dass ich so blöd war. Und der würde dabei sogar auch noch was abbekommen!

Am nächsten Schultag stibitzte ich Stellas Deutschheft. Ich kopierte mir daraus ihren letzten Aufsatz und am Tag darauf ließ ich das Heft im Vorbeigehen wieder in ihre Schultasche gleiten. Wie die meisten Mädchen hatte Stella statt einer Seite Aufsatz (wie das Jungs tun) fünf Seiten geschrieben. Das war in dem Fall ein Vorteil, denn es bedeutete, dass in dem Aufsatz auch mehr Wörter drin waren – und mit mehr Wörtern kann man auch mehr machen.

Zum Beispiel einen Liebesbrief schreiben.

An den Lieblingslehrer.

Der dann zufällig in die falschen Hände gerät. Ooooh, wie peinlich ...

Das Dumme war nur, dass ich dazu erst mal rausfinden musste, was in einem Liebesbrief so drinsteht. Ich hatte ja selber noch keinen geschrieben – und auch nicht vor, jemals einen zu schreiben. Mal abgesehen von dem hier. Also stöberte ich die Schnulzenromansammlung meiner Mutter durch. Was wirklich ganz schön eklig war. Manche Bücher waren so schleimig, dass man fast klebrige Hände bekam beim Umblättern.

Aber danach war ich ein bisschen schlauer. Und machte mich an die Arbeit: Ich schrieb den Brief erst mal in meiner Schrift, ganz normal. Dann nahm ich ein neues Blatt. Darunter legte ich für jedes Wort, das ich brauchte, das jeweilige Wort in

Stellas Aufsatz. Als Muster. So konnte ich den Brief in Stellas eigener Handschrift abschreiben.

Damit das Ganze noch echter aussah, hatte ich mir sogar den gleichen Füller besorgt wie sie. Und – ich war ja nicht blöd – rosa Tinte natürlich.

Wie gesagt, der Plan war genial.

Kurz vor Unterrichtsbeginn bückte ich mich neben Stellas Platz, als Stella gerade die Tafel sauber machte. Ich tat so, als würde ich mir die Schuhe binden. Dabei steckte ich den Brief in Stellas Schultasche – aber so, dass er noch halb heraus-schaute.

Damit man auch die Herzchen sah, die ich mit viel Liebe extra auf die Rückseite gemalt hatte.

Dann räusperte ich mich. Damit Elena und Minja auf mich aufmerksam wurden – die eine Bank weiter saßen. Aber genau in dem Augenblick, wo die beiden ihre Köpfe in meine Rich-tung drehten, sprang ich schnell auf und setzte mich an mei-nen Platz – sodass ihr Blick nicht auf mich, sondern auf den hübschen Brief in Stellas Schultasche fiel.

Ganz nützlich war in dem Fall, dass auch Elena und Minja Herrn Fritsche anhimmelten. Und die beiden waren nicht ge-rade angetan davon, dass Stella seine Lieblingsschülerin war.

Und so beobachtete ich von meinem Platz aus mit dem Ta-schenschminkspiegel meiner Mutter, den ich genau dafür mitgenommen hatte, wie Elena Minja anstupste und auf Stellas Schultasche deutete.

»Was machst du denn da?«, fragte Ritesh neben mir.

»Ach, nichts«, log ich. »Nur schauen, ob ich wirklich grüne Augen hab.« Ich steckte den Spiegel schnell wieder weg und holte meine Schulsachen raus.

Da wurde der Brief schon weitergereicht. Von Minja zu Elena. Von Elena zu Amelie. Weiter zu Eda. Von der zu Anh. Und dann war Khira an der Reihe. Danach kamen die Jungs dran. Erst Enes, dann Haris. Tian Li. Serdal. Mark. Dren.

Herr Fritsche kam herein und stellte seine Tasche auf dem Lehrerpult ab. Er wurde von einem unterdrückten Kichern begrüßt, das mal aus der einen, dann aus der anderen Ecke des Klassenzimmers nach vorne schwappte.

»Isabelle, steck das bitte weg!«, sagte Herr Fritsche.

»Das gehört mir nicht«, sagte Isabelle.

»Und was macht der Zettel dann in deiner Hand, mhm?«

»Er … lag auf dem Boden«, log Isabelle.

Herr Fritsche nahm ihr den Brief ab. Er warf einen kurzen Blick drauf – runzelte die Stirn. Dann schaute er Stella an, die gerade mit der Tafel fertig war. Sie strahlte Herrn Fritsche an und wartete auf ein Lob, merkte aber sofort, dass irgendwas nicht stimmte.

»Was ist los?«, fragte sie, weil alle sie angafften, als würde ihr gerade ein riesiger Popel aus der Nase tropfen.

Auch Herr Fritsche wirkte kurz etwas unsicher. Aber nur kurz. »Nichts«, sagte er schließlich. »Danke.« Damit gab er Stella den Brief zurück, als wäre der gar nichts Besonderes.

Dann wandte er sich an die Klasse: »So, Hefte weg – wir schreiben einen Test!«

Mist. *Das* war nicht Teil meines Plans. Das Gekicher verstummte. Dafür ging ein Stöhnen durch die Klasse.

Nur Stella war immer noch fassungslos.

In der großen Pause stand Stella mit den anderen Mädchen aus unserer Klasse vor der Mensa. Ich konnte nicht hören, was da gesagt wurde, weil ich zur Tarnung mit den Jungs Fußball spielte. Aber Stella sah ganz schön wütend aus und ein paar Mädchen lachten und spazierten kopfschüttelnd davon.

Als es läutete, fing Stella mich auf dem Weg zurück ins Klassenzimmer ab. »Das warst du!«

»Was, der Brief?«, fragte ich und dachte dabei an süße kleine Koalabärbabys, um möglichst unschuldig zu klingen.

Doch Stella kaufte mir das nicht ab. »Den hast *du* geschrieben!«

In meinem Kopf ließ ich jetzt ein paar Häschen über eine grüne Wiese hoppeln und *Hey, Pippi Langstrumpf* singen.

»Wie kommst du denn darauf?«, räusperte ich mich.

»Glaubst du, ich schreib so einen Scheiß?«, zischte Stella. *»Lieber Herr Fritsche, seit wir Sie haben, ist Deutsch mein Lieblings-*

fach. Hoffentlich kriegen wir Sie auch nächstes Jahr wieder blablabla!«

Ursprünglich hatte ich mit *Liebster Matthias! Schlaflos sind meine Nächte ohne dich ...* angefangen, aber das war mir dann doch etwas zu schnulzig vorgekommen für eine Fünftklässlerin. Und irgendwie fand ich es auch echt seltsam, dass Mama so einen Käse las.

Als Stella mich immer noch anknurrte, spielte ich meinen Trumpf aus. Ich dachte an Bambi, das nach dem Tod seiner Mutter gerade ganz allein im Winterwald am Schnee schnupperte, und sagte: »Hör mal, Stella. Ich geb ja zu, dass ich den Brief an deinen Vater geschrieben hab. Aber dass ich so was *zweimal* mache – das glaubst du doch selber nicht, oder ...?«

Ich war mir meiner Sache ziemlich sicher, weil ich von Ritesh wusste, dass Stella den Liebesbrief zerrissen und im Klo runtergespült hatte. Ich hatte mir beim Schreiben zwar extra die Abspülgummihandschuhe meines Vaters angezogen, wegen der Fingerabdrücke.

Doch ganz ohne Beweisstück log es sich natürlich noch mal viel besser.

»Entschuldige«, sagte ich. »Aber wir haben jetzt Bio bei Frau Borger. Der menschliche Körper. Da solltest du vielleicht auch hingehen. Wo du doch Herrn Fritsche später mal heiraten willst ...«

Stella schaute mich an, als versuchte sie, allein mit der Kraft ihrer Gedanken ein Maschinengewehr herbeizuzaubern. Doch als das nicht funktionierte, marschierte sie davon.

Auch im Bioraum blieb ihr Platz leer. Ritesh fand später heraus, dass sie sich im Sekretariat krankgemeldet hatte.

Ihre Mutter war sogar extra aus der Arbeit gekommen, um sie abzuholen.

Nicht dass ich deswegen ein schlechtes Gewissen hatte.

Dafür war der Anblick von Stellas leerem Platz einfach zu schön. So hätte es von Anfang an sein sollen. Wenn Stella sich an unsere Abmachung gehalten hätte.

Und so fing ich an zu träumen. Davon, wie Stella ihrer Mutter zu Hause klarmachte, dass sie nie wieder in diese Schule gehen werde …

Nur wurde aus diesem wunderschönen Traum dann sehr bald ein Albtraum.

KAPITEL 24

Es fing mit einer aufgestochenen Füllerpatrone an. Kein gro-ßes Ding – bloß ein versauter Ärmel, doch dafür gab es ja Eltern und Waschmittel. Aber dann fand ich im Kunstunterricht auch noch eine offene Farbtube auf meinem Stuhl. Dummerweise erst, *nachdem* ich mich draufgesetzt hatte. Und die Tube war auch noch braun! Aber nicht nur das: Als ich meine Frühstücks-box aufmachte, war da eine Stinkbombe drin. Eine offene.

Dass ich mittlerweile vor dem Mittagessen jeden Salzstreu-er in der Mensa kontrollierte, half mir auch nicht weiter. Denn Stella war noch etwas Gemeineres eingefallen, als mir das Essen zu versalzen: nämlich extrascharfen Chili hineinzumischen.

Und zwar in den Nachtisch! Wo man über-haupt nicht damit rechnet.

Na ja, und dann gab es da noch die mit Text-marker aufgemalten Pimmel auf meinen T-Shirts, wenn ich aus der Turnhalle zurück in die Umkleidekabine kam.

Aber mein Vater sagte ja immer, man solle die Dinge positiv sehen. Wenigstens waren meine Klamotten überhaupt noch da in der Umkleide.

So richtig sauer wurde ich eigentlich erst, als ich den Kackhaufen auf meinem Fahrradsattel sah. Da lag tatsächlich ein Kackhaufen drauf! Nicht einmal eine Katze hätte genügend Platz auf meinem Sattel gehabt, um draufzukacken. Höchstens vielleicht ein Eichhörnchen.

Aber die kann man nicht dressieren, das hab ich gegoogelt. Außerdem war dafür der Haufen zu groß. Irgendjemand musste ihn auf eine Schaufel geladen und so vom Boden auf meinen Sattel transportiert haben.

So was muss man erst mal bringen!

Aber sosehr ich auch aufpasste, suchte und rumfragte – ich fand nirgends einen Hinweis, dass Stella für all diese Dinge verantwortlich war.

So ging das einen Monat lang.

Dann kam die Petzphase.

Ihr kennt das bestimmt: Der Lehrer schreibt etwas an die Tafel – und dreht dabei der Klasse den Rücken zu … und in dem Moment fangen alle an zu reden. Alle! Außer Ritesh vielleicht. Aber wer kriegt dafür einen Verweis? Ich. Und warum?

Nicht, weil ich am lautesten war. Nein. Weil Stella mir genau in dem Augenblick, wenn der Lehrer sich wieder der Klasse zuwandte, ein »Quentin, hör lieber auf!« zuflüsterte. So als würde sie mich warnen wollen! Und dann dachte der Lehrer natürlich, ich hätte mit dem ganzen Gequatsche angefangen – und die anderen damit nur angesteckt.

Noch fieser war die Sache mit dem Jungsklo. Da tauchten plötzlich neue Graffiti an den Klotüren auf. Zum Beispiel *»Quentin was hier!«* oder *»Quentin is kuhl!«*

Ja, genau! Die waren nicht mal richtig geschrieben! Und weil ich in Englisch gerade auf einer Fünf stand, fiel deswegen der Verdacht erst recht auf mich. Und als ich danach »Stella = Bitch« auf die Mädchenklotür pinselte, musste Stella nicht mal selber petzen. Das machte Elena für sie – und das, obwohl die mir vorher schon die Klotür gegen den Kopf gerammt hatte!

Das Leben war wirklich ungerecht.

Und das hörte einfach nicht auf! Ausgerechnet in der Adventszeit, wo man seinen Mitmenschen mit besonders viel Nächstenliebe begegnen sollte, schob mir Stella statt Plätzchen einen Spickzettel unter.

Sodass ich in Englisch eine Sechs kriegte. Wo ich doch eh schon auf einer Fünf stand! Und während ich noch überlegte, wie ich das meinen Eltern beibringen sollte, fehlten unserer Englischlehrerin Frau Frach auf einmal vierzig Euro in ihrem Geldbeutel. Und zwei blaue Zwanziger fanden sich *zufällig* im Außenfach meines Schulrucksacks. Also musste ich nach Ende der Stunde noch im Klassenzimmer bleiben – wo Frau Frach mich musterte, als versuchte sie, mein Gehirn zu röntgen.

»Ich mach dir einen Vorschlag, Quentin. Wenn du mir die Wahrheit sagst, gehe ich nicht zum Direktor. Also, hast du das Geld genommen?«

»Nein«, sagte ich. »Ich schwör's Ihnen! Wirklich! Ich bin unschuldig!«

Das war ausnahmsweise sogar mal die Wahrheit. Ich hatte noch nie jemandem Geld geklaut. Außer meinem Bruder natürlich. Allerdings nie mehr als fünf Euro!

»Aber wenn *du* das Geld nicht genommen hast, dann wäre das ja jemand anderes gewesen«, kombinierte Frau Frach.

»Genau.«

»Und der hat das Geld dann bei dir versteckt?«, fragte sie misstrauisch.

Ich nickte. »Um mich fertigzumachen!«

»Und wer sollte das bitte gewesen sein?«

Ich sagte ihr, wer, und danach holte Frau Frach Stella aus dem Musikunterricht, damit wir unser Gespräch zu dritt weiterführen könnten.

Und da beichtete ich alles: dass ich überhaupt nur wegen Stella auf die Gesamtschule gehen wollte. Der Schock am Infoabend. Unsere Abmachung mit dem Ferienlager. Ich beichtete sogar den falschen Liebesbrief.

Und Stella?

Stritt alles ab.

Ohne mit der Wimper zu zucken.

Sie sagte sogar – und das muss man sich mal vorstellen –, dass sie den Liebesbrief an Herrn Fritsche selber geschrieben hätte.

Und da sie ihn im Klo runtergespült hatte, konnte ich nicht mal beweisen, dass ich das gewesen war.

Es war unglaublich. Stella log so perfekt, dass sogar ich ihr geglaubt hätte – wenn ich es nicht besser gewusst hätte.

Das war am letzten Tag vor den Ferien, und Frau Frach sagte: »Gut! Morgen ist Weihnachten. Das Fest der Vergebung. Weswegen ich ausnahmsweise mal Gnade vor Recht ergehen lasse. Aber wenn irgendjemand von euch nach den Ferien einem Lehrer noch mal Geld klauen will – dann sorgt dafür, dass das nicht ich bin! Sonst lernt ihr mich kennen! Habt ihr mich verstanden?«

Keine Ahnung, wie es Stella ging, aber ich verstand Frau Frach ganz gut.

An den Fahrradständern waren wir die Letzten, die ihre Räder aufsperrten. Stella parkte ganz hinten, ich vorne. Die Straßenlaternen gingen gerade an, es wurde dunkel.

Ich schaltete mein Licht ein und stieg auf, nachdem ich mich vergewissert hatte, dass diesmal kein Kackhaufen auf meinem Sattel lag.

In dem Moment fuhr Stella an mir vorbei.

»Gib einfach auf!«, sagte sie.

Sie schaute dabei nicht mal zu mir rüber. Und im nächsten Moment war sie schon auf der Straße und nur noch als Rücklicht zu sehen.

Glaubt mir, auf Weihnachten freute ich mich diesmal nicht nur wegen der Geschenke. Zwei Wochen ohne Schlumpfine und ihre Schikanen! Diese Ferien hatte ich ausnahmsweise mal wirklich nötig.

KAPITEL 25

Am Nachmittag des 24sten lieferten wir uns eine Schneeball-schlacht mit Lasse und Feli von gegenüber. Irgendwie mussten wir uns ja die Zeit bis zur Bescherung vertreiben. Es war über Nacht unglaublich kalt geworden und hatte stark geschneit. An den Regenrinnen wuchsen Eiszapfen wie Riesendolche. Nach Jahren hatten wir endlich mal wieder weiße Weihnachten!

Auch wenn ich normalerweise mehr der Sommerferientyp bin: All der Schnee um mich herum und die Aussicht auf Ge-schenke heute Abend, dazu zwei Wochen Ausschlafen und kei-ne Schule, also auch keine Schlumpfine – das war einfach toll.

Und wir ließen Lasse und Feli keine Chance. Auf unserem Garagendach waren wir kaum zu treffen. Außerdem hatten wir ungefähr zehntausend Schneebälle vorgeformt, sodass wir auch Dauerfeuer abgeben konnten – und als Lasse kurz zur Sei-te schaute, um seine Schwester anzuspornen, gefälligst schnel-ler für Nachschub zu sorgen ... pfefferte ich ihm die Brille von der Nase, sodass sogar Feli lachen musste.

Danach seifte Lasse Feli ein. Bis Feli ihrem Bruder dorthin trat, wo es Jungs am meisten wehtut. Vinz und ich nutzten die Pause zum Verschnaufen. Der erste Stern war schon am Himmel zu sehen. Nur ganz weit weg glühte noch das Tageslicht. Es dauerte nicht mehr lange, bis Papa uns rufen würde. Ich konnte schon den Eintopf mit den Würstchen riechen, den Mama gerade kochte.

»Wollen wir Mama und Papa fragen, ob wir morgen Schlittschuh laufen gehen?«, sagte Vinz.

»Morgen sind wir bei Oma und Opa«, antwortete ich.

»Stimmt«, sagte Vinz. »Mist! Obwohl – da gibt's Geld und noch mehr Geschenke!«

Ich nickte grinsend. Dann wurde ich wieder nachdenklich und seufzte. »Hoffentlich fährt Stella mit ihrer Mutter zum Skifahren und bleibt in der Gondel stecken, oder so was!«

»Vielleicht löst sie ja eine Lawine aus!«, sagte Vinz.

Ich schüttelte den Kopf. »Dann wird sie wahrscheinlich von so einem wuscheligen Bernhardiner gerettet, den sie dann auch noch mit nach Hause nehmen darf – bei dem Glück, das ich habe.« Ich legte mich auf den Rücken und schob meine behandschuhten Hände unter meine Kapuze.

Vinzent legte sich neben mich, und gemeinsam schauten wir in den Abendhimmel, in dem jetzt nach und nach noch mehr Sterne aufleuchteten – während von der Straße leise Flüche zu uns heraufwehten, weil Lasse und Feli sich immer noch gegenseitig fertigmachten.

Was mich irgendwie beruhigte. Anscheinend waren die beiden doch nicht so perfekt, wie alle immer glaubten.

»Aber irgendwas muss es doch geben, wie du Stella wieder loswirst«, meinte Vinz.

»Und was?«, fragte ich.

»Na ja, du müsstest so was machen wie sie mit den vierzig Euro, die du angeblich deiner Lehrerin geklaut hast. Du stellst was an – aber alle glauben, dass sie es war. Allerdings was richtig Schlimmes.«

»Mhm«, machte ich. »Ich könnte bei ihr einbrechen und mich über den Computer ihrer Mutter in den Schulcomputer hacken. Dann sieht es so aus, als hätte Stella das getan. Wegen so was fliegt man garantiert von der Schule!«

Vinzent war erst mal still, doch nach einer Weile sagte er vorsichtig: »Keine schlechte Idee. Aber ... kennst du dich denn gut genug mit Computern aus?«

»Nee. Das ist ein Problem, stimmt. Hast du eine Idee?«

Vinz überlegte eine Weile. Dann sagte er: »Also, es müsste irgendetwas kaputtgehen, das ist schon mal wichtig. Aber nichts Teures. Nur etwas, das Ärger macht. So wie mit dem Zeltlager im Sommer.«

Ich setzte mich wieder hin und klopfte mir den Schnee von den Ärmeln. »Vielleicht könnten wir mit dem ganzen Schnee

die Eingänge von der Schule zumauern? Dann noch ein bisschen Wasser drüber, bis alles schön vereist, und keiner kann
mehr ins Gebäude!«

Vinzent richtete sich auch auf und ich klopfte ihm den
Schnee vom Rücken. »Aber Schule ist erst wieder in zwei Wochen. Vielleicht schmilzt bis dahin alles – außerdem …«

»Was?«, fragte ich.

»Selbst wenn wir zwei das irgendwie hinkriegen – es glaubt
doch niemand, dass Stella das alleine schafft.«

»Auch wieder wahr!«, seufzte ich.

Da ging die Terrassentür in unserem Garten auf, und Papa
rief: »Kinder! Los, wir gehen noch ein bisschen spazieren.«

Das taten wir immer an Heiligabend. »Wir kommen gleich!«,
rief ich zurück.

Unsere Eltern wollten uns immer noch weismachen, dass
es den Weihnachtsmann gibt. Das lief dann so ab: Wir zogen
uns für einen Spaziergang an, und in dem Augenblick, wo wir
die Wohnung verließen, sagte Papa ganz unschuldig: »Ach, ich
geh lieber noch mal aufs Klo, ich komm gleich nach.« Ein paar
Minuten später hatte er uns draußen dann eingeholt, und wenn
wir nach einer Stunde von unserem Spaziergang zurückkehr-
ten, lagen ganz *zufällig* die Geschenke unter dem Weihnachtsbaum.

Die Papa dort hingelegt hatte.

Weil er gar nicht auf dem Klo gewesen war.

Natürlich ließen wir unsere Eltern in dem Glauben, dass wir ihnen diese Nummer abkauften. Erwachsene sind ja unberechenbar. Womöglich gibt's dann keine Geschenke mehr – wenn wir Weihnachten infrage stellen.

»Ach, Papa!«, rief Vinzent in Richtung Garten. »Können wir mal wieder Schlittschuh laufen gehen?«

»Klaro!«, antwortete unser Vater.

Und das war's natürlich.

Schlittschuh laufen!

»Mann, Vinz! Du bist genial!«, sagte ich.

Aber Vinz schaute mich an wie eine Kärntner Kuh zwischen zwei Bissen Heu. »Hä?«

Ich stand auf und half ihm hoch. »Erklär ich dir später. Na komm! Sonst gibt's keine Bescherung!«

KAPITEL 26

Es war das Weihnachten mit den wenigsten Geschenken. Wir bekamen genau eins – und das mussten wir uns auch noch teilen. Aber die gute Nachricht war: Es war eine nagelneue *PlayStation*! Und da unsere Eltern um zehn Uhr morgens am ersten Weihnachtsfeiertag netterweise immer noch schliefen, lieferten Vinz und ich uns gerade ein illegales Autorennen in den Straßen von Miami, Florida.

Also, mit der *PlayStation* natürlich. Dabei erklärte ich Vinz meinen neuen Plan, wie ich Stella loswerden wollte.

Vinz war allerdings nicht ganz so begeistert davon wie ich. Er bretterte mit seinem 500-PS-*Lamborghini* bei Rot über die Kreuzung und sagte: »Du willst euren Schulhof überfluten? Damit er zufriert?«

»Ja! Genial, oder? Dann kommt keiner mehr in die Schule. Weil es so glatt ist.«

»Ich weiß nicht«, sagte Vinz. »Mir fallen ungefähr tausend Sachen ein, warum das nicht so genial ist.«

»Zum Beispiel?«, knurrte ich.

»Erstens – was ist, wenn es wieder wärmer wird? Dann klappt das schon mal nicht.«

»Ha!«, sagte ich. »Ich hab im Internet nachgeschaut. Wir haben den kältesten Winter seit Jahren. Und das bleibt die nächsten zwei Wochen auch so!«

»Okay«, sagte Vinz. »Trotzdem – woher nimmst du das Wasser, um den Schulhof zu überfluten?«

»Ich hab mir gedacht, dafür besorgen wir uns ein Feuerwehrauto ...«

»Ein echtes?«

»Was denkst du denn?«

»Du willst ein Feuerwehrauto klauen?!«

»Nein! Nur ausleihen«, sagte ich. »Irgendwoher muss das Wasser ja kommen.«

»Ich wiederhole noch mal«, sagte Vinz. »Falls ich mich verhört habe. Du willst wirklich ein Feuerwehrauto klauen?! Entschuldige, ausleihen!«

In dem Moment schossen die Cops auf mich, und ich konnte nicht antworten, weil ich in meinem aufgetunten Pick-up-Truck auf die Bremse trat, um den Kugeln auszuweichen.

»Und wer soll das Riesenteil bitte fahren?«, fragte Vinz.

Ich deutete mit meinem Controller auf den Bildschirm, während ich dort meine abgesägte Schrotflinte vom Beifahrersitz nahm und wieder aufs Gas trat. »Ich fahr doch hier auch ganz gut. Dafür, dass an jeder Ecke auf mich geschossen wird.«

Vinzents *Lamborghini* machte eine 180-Grad-Drehung auf dem heißen Asphalt und blieb stehen.

»Quentin! Im echten Leben darfst du noch nicht mal vorne sitzen! Du würdest gar nicht ans Gaspedal kommen!«

»Ist ja gut«, sagte ich und schnitt dem Geldtransporter, dem wir hinterherjagten, den Weg ab, sodass er bremsen musste.

»Außerdem steht so ein Feuerwehrauto nicht einfach auf der Straße rum und der Schlüssel steckt«, sagte Vinz und gab mit seinem *Lamborghini* wieder Gas. Er versperrte dem Geldtransporter zwar den Fluchtweg – doch dann legte er seinen Controller weg und schaute mich an. Dabei wurden die Polizeisirenen immer lauter! »Und wie willst du den Schlauch bedienen?«, fragte er. »Und woher das Wasser kriegen? Glaubst du, in so einem Feuerwehrauto liegt eine Anleitung im Handschuhfach? Ich weiß nicht mal, ob's da ein Handschuhfach gibt.«

»Mann, für einen kleinen Bruder bist du 'ne ganz schöne Nörgeltante! Immer alles besser wissen. Das nervt langsam!«

»Ich weiß doch gar nicht alles besser!«, antwortete Vinz. »Aber du eben auch nicht. Das ist das Problem!«

Ich stöhnte, stieg mit der Schrotflinte aus und fesselte den Geldtransporterfahrer mit einem Kabelbinder. Dann schnappte ich mir die Millionen und warf sie auf die Ladefläche meines Pick-ups.

»Ich hab mir das so gedacht«, erklärte ich Vinz. »Erst mal ruf ich bei der Feuerwehr an und sag denen, dass ich für die Schülerzeitung was über sie schreiben will. Das ist zwar gelogen, macht aber nix, Hauptsache, ich darf mal vorbeikommen und die führen mich ein bisschen rum. Dabei lass ich mir dann erklären, wie so ein Feuerwehrauto funktioniert. Also, wie man damit Brände löscht und so weiter.«

Vinz war zwar immer noch nicht überzeugt, aber wenigstens nahm er den Controller wieder in die Hand, und als die Cops auf dem Bildschirm um die Ecke bogen, fuhren Vinz und ich mit quietschenden Reifen und vier Millionen Dollar davon.

»Trotzdem«, sagte er. »Ich glaub immer noch nicht, dass du ein Feuerwehrauto fahren kannst. Und wie du an eins rankommen willst, ist mir auch noch nicht klar.«

Es nervte zwar, aber Vinz hatte recht. Ich beendete das Spiel und schaltete den Fernseher aus.

»Ich hab's ja kapiert«, sagte ich. »Dann frag ich nachher beim Weihnachtsessen eben Onkel Jakob.«

KAPITEL 27

Bei Oma und Opa gab es Rehbraten, was total lecker ist, wenn man vorher nicht gerade *Bambi* angeschaut hat. Und Onkel Jakob aß auch mit – obwohl er nur ungern zu Familienfeiern kommt. Denn dort muss er sich spätestens beim Nachtisch von Oma anhören, warum er denn keine Karriere machen will, so wie Opa früher.

Darauf sagt Papa dann immer, dass es ja Wichtigeres gebe als Karriere, Familie zum Beispiel.

Und Opa »lobt« Papa dafür, dass er bei uns den Haushalt führt, damit wenigstens Mama was Anständiges arbeiten kann. Was wiederum Papa wahnsinnig ärgert – weil er ja angeblich auch arbeitet, und zwar am Computer. Wenn er mit Waschen, Putzen, Kochen fertig ist.

Aber egal. Das Ganze war mal wieder so eine Erwachsenensache, die man wahrscheinlich nur versteht, wenn man selber erwachsen ist. Und das dauert bei mir ja zum Glück noch – und hoffentlich hat man bis dahin ein Mittel erfunden, wie man dann ganz schnell wieder Kind wird.

Jedenfalls waren Papa und Onkel Jakob nach dem Nachtisch ziemlich sauer und gingen hinter die Garage zum Heimlich-Rauchen. Also nutzte ich die Gelegenheit, um dort in Ruhe mit Onkel Jakob über mein Feuerwehrautobeschaffungsproblem zu reden. Wobei ich mich vorher laut genug räusperte, damit Papa die Fliege machte. Der wollte nämlich auf keinen Fall von mir beim Heimlich-Rauchen erwischt werden.

»Na, Quentin?«, fragte Onkel Jakob mit einem Grinsen, als ich näher kam. »Brauchst du mal wieder jemanden, der irgendwo anruft und sich als dein Vater ausgibt? Damit du nicht wieder an irgendwelchen Zeltlagern teilnehmen musst?«

»Nee«, sagte ich. »Aber du warst doch mal Soldat und bist Panzer gefahren.«

»Oh-oh«, sagte Onkel Jakob, so als hätte er lieber Nein gesagt.

»Dann kannst du doch bestimmt auch ein Feuerwehrauto fahren, oder?«

Onkel Jakob pustete die Asche von seiner Zigarette. »Und warum sollte ich ein Feuerwehrauto fahren? Damit ich bei der Feuerwehr Karriere mache? Und Oma und Opa endlich aufhören zu nerven?«

»Nein«, sagte ich. »Ich will nur unseren Schulhof überfluten. Damit alles zufriert und nach den Ferien niemand mehr in die Schule kann, ohne sich den Hals zu brechen.«

»Ist das dein Ernst?« Onkel Jakob schaute mich an, als würde hinter mir gerade ein Raumschiff landen.

»Ja, dann gibt's schulfrei und einen Riesenärger für den, der das gemacht hat.«

»Aber hast du nicht schon genug Ärger in der Schule, Quentin?«

Oh Mann. Onkel Jakob war ja eigentlich einer der cooleren Erwachsenen. Aber auch er stellte manchmal ganz schön doofe Fragen. »Es soll natürlich nicht so aussehen, als hätte ich das getan«, erklärte ich. »Sondern so eine Mitschülerin von mir, die total blöd ist. Die fliegt dann von der Schule und ich bin sie endlich los.«

»Verstehe.« Onkel Jakob lachte. Dann schnippte er seine Zigarette in den Nachbarsgarten. »Und dafür willst du ein Feuerwehrauto klauen?«

»Nur ausleihen«, sagte ich.

»Quentin ...«, Onkel Jakob ging vor mir in die Hocke, »das kann ich nicht machen.«

»Aber du bist doch mein Lieblingsonkel!«

»Ich bin dein einziger Onkel.«

»Und ich hab noch nichts von dir zu Weihnachten bekommen!«

»Also, ein echtes Feuerwehrauto kriegst du von mir garantiert nicht.«

»Aber du hast doch schon mal ein Fahrzeug geklaut. Damals bei der Bundeswehr. Da war's dir auch egal, dass du deswegen Ärger bekommen hast.«

»Quentin! Damals hab ich das extra gemacht. Da *wollte* ich Ärger kriegen, damit die Bundeswehr mich rausschmeißt. Was ja auch geklappt hat. Aber bei dem, was du vorhast, kann mich niemand rausschmeißen – sondern höchstens irgendwo reinschmeißen. Und zwar ins Gefängnis!«

Das wollte ich natürlich auch nicht. »Aber nur, wenn wir uns erwischen lassen«, sagte ich.

Doch es half nichts. Onkel Jakob schüttelte den Kopf. »Tut mir leid, Quentin.« Dann gab er mir noch einen kumpelhaften Knuff auf die Schulter und ging zur Terrassentür und zurück ins Wohnzimmer.

Dort wurde jetzt »diskutiert«. In der Erwachsenensprache ist das ein anderes Wort für miteinander streiten, nur dass sie sich dabei nicht hauen, so wie Vinz und ich. Weswegen es auch nicht besonders spannend ist, dabeizusitzen – also bauten Vinz und ich einen Schneemann im Garten. Vinz setzte ihm gerade eine alte Baseballkappe auf.

»Worüber streiten die sich eigentlich schon wieder?«, fragte er.

»Mama findet, dass Onkel Jakob nicht erwachsen werden will, und Onkel Jakob findet Mama deswegen spießig. ›Spießig‹?! Das sagt ja der Richtige – der traut sich doch nicht mal, ein Feuerwehrauto zu klauen.«

»Ich würd mich das auch nicht trauen«, sagte Vinzent.

»Du bist ja auch erst acht«, beruhigte ich ihn. Ich zog zwei morsche Äste unter der großen Fichte hervor, für die Arme des Schneemanns. »Und ich? Ich muss jetzt die Hecke auf dem

Schulhof anzünden, wenn ich will, dass die Feuerwehr kommt. So ein Mist, echt.«

»Ich weiß nicht, Q«, sagte Vinz. »Das kannst du doch nicht machen.«

Q war Vinzents Spitzname für mich, als er noch ganz klein war. Meine Eltern hielten ihn damals schon für hochbegabt, weil sie dachten, dass er im Alter von zwei Jahren bereits das Alphabet draufhätte.

Bis ihnen klar wurde, dass er eigentlich nur »Kuh« sagen wollte. Wie in »blöde Kuh«.

»Was soll ich denn sonst tun?«, fragte ich.

Vinz setzte dem Schneemann eine von Opas alten Brillen auf und sagte: »Aber dann kommt die Feuerwehr doch, weil sie *muss*, und jeder kriegt das mit. Dabei soll es doch eigentlich so aussehen, als hätte Stella dir einen Streich gespielt.«

Das stimmte natürlich. So ein Mist, echt. Ich war total aufgeschmissen.

Aber dann fiel mir etwas ein.

»Außer …«, sagte ich, »… wenn alle denken, *Stella* hätte die Hecke angezündet!«

Vinz zog einen Handschuh aus und kratzte sich unter seiner Kapuze am Kopf. »Quentin, Erwachsene finden Zündeln überhaupt nicht komisch. Mal angenommen, das funktioniert – dann würde Stella dafür wahrscheinlich in die Klapsmühle kommen.«

»Na und, vielleicht gefällt's ihr da ja«, sagte ich. »Dann hätten alle was davon.«

Vinzent zog seinen Handschuh wieder an. »Auch wenn du mich jetzt für spießig hältst, aber dabei mach ich nicht mit.«

»Jaja, ist ja gut«, sagte ich ratlos. »War ja nur so eine Idee.«

Vinzent drückte einen flachen Stein als Nase in das Schneemanngesicht. »Und was ich immer noch nicht kapier ... wie willst du das überhaupt hinkriegen, dass es so aussieht, als hätte Stella das alles angestellt.«

Ich seufzte. »Das ist jetzt sowieso egal. Es klappt ja eh nicht!«

Aber in dem Moment hörten wir einen Knall – als die Terrassentür zugeschlagen wurde. Onkel Jakob trampelte durch das verschneite Blumenbeet auf uns zu.

»Gut!«, sagte er. »Ich werd dir helfen! Aber wir klauen kein Feuerwehrauto. Ich hab 'ne bessere Idee.«

»Und was für eine?«, fragte ich überrascht.

Onkel Jakob kitzelte Vinzent kurz durch, bevor er in den Kleinlaster mit der Ladefläche stieg, den Mama ihm immer leiht, wenn die Gärtnerei geschlossen hat. »Lass dich überraschen!«, sagte er. Dann zwinkerte er mir zu und fuhr weg.

KAPITEL 28

Am ersten Schultag nach den Weihnachtsferien ließ ich nachmittags mein Fahrrad an der Schule und nahm den Bus nach Hause. Meinem Vater sagte ich, dass irgend so ein Penner aus der Mittelstufe mir die Luft rausgelassen hätte.

»Fünfzig Cent in die Schimpfwortkasse! Hier wird nicht geflucht, Quentin!«

»Aber ich hab doch nur ›Penner‹ gesagt!«

»Eben. Und was macht fünfzig plus fünfzig? Richtig. Ein Euro!«

Ich maulte ein bisschen rum, damit es auch echt wirkte, aber in Gedanken hakte ich schon mal Punkt eins auf meiner Liste ab: *Papa geschickt weismachen, Fahrrad hat Platten.*

Punkt zwei auf meiner Liste war: *Weinflasche aus Nachbarskeller leihen.*

Na ja, *leihen* stimmte nicht ganz. Ich hatte nicht vor, sie wieder zurückzugeben. Aber erstens sperrt Herr Mergelkamp sein Kellerabteil sowieso nie ab. Und zweitens hat er so viel Wein da unten, dass jede Flasche weniger wohl sowieso ganz gut für ihn wäre.

Papa freute sich jedenfalls sehr über die Flasche. Nur Mama

fragte verdutzt: »Seit wann schenkt uns Herr Mergelkamp denn Wein? Der mag uns doch gar nicht.«

»Als Entschuldigung!«, sagte ich. »Seine Kartons standen doch so lange im Treppenhaus rum. Außerdem, *euch* mag der schon. Der mag nur uns nicht, weil wir Kinder sind.«

Aber bevor Mama weiter nachhaken konnte, holte Papa schon den Korkenzieher aus der Schublade.

»Na dann«, sagte er grinsend. »Entschuldigung angenommen, oder?« Er zwinkerte Mama zu. Die wurde daraufhin ein bisschen rot – warum, weiß ich auch nicht. Aber Hauptsache, sie trank den Wein und wurde müde. Deswegen zündete Vinz den beiden auch noch eine Kerze an, damit es etwas gemütlicher wurde in der Küche. Und ich räumte sogar freiwillig den Abendbrottisch ab.

Danach verzogen Vinz und ich uns in unser Zimmer und warteten. Wir spielten *Uno*, um uns die Zeit zu vertreiben.

»Glaubst du, die schlafen schon?«, fragte Vinz, um davon abzulenken, dass er sich eine Vier-ziehen-Karte aus dem Stapel klauen wollte.

Ich schaute trotzdem im Elternschlafzimmer nach. Es war ja nur fair, ich hatte mir selber schon drei Vier-ziehen-Karten aus dem Stapel stibitzt.

»Tief und fest!«, sagte ich, als ich zurückkam. »Wir können los!«

Wir zogen uns unsere Schneeanzüge und Skimützen an.

»Hoffentlich wacht Papa in der Nacht nicht auf und schaut nach, ob wir auch zugedeckt sind«, flüsterte Vinz.

»Was meinst du, warum ich ihnen den Wein angedreht habe?«, flüsterte ich zurück.

Wir mussten Vinzents Rad nehmen. Weil ich größer war, fuhr ich. Vinz setzte sich auf den Gepäckträger.

Vor der Gärtnerei hatte ich kurz Angst, dass Onkel Jakob unsere Verabredung vielleicht vergessen hatte. Aber da leuchteten die Scheinwerfer des Kleinlasters in der Einfahrt auf und wir versteckten Vinzents Fahrrad im Gebüsch.

Als wir näher kamen, war Onkel Jakob gerade dabei, mit dem kleinen Kran den Bewässerungstank auf die Ladefläche des Lasters zu bugsieren. Der Tank war randvoll, und das Stahlseil des Krans knarzte, als würde es gleich reißen.

»Na? Habt ihr Mami und Papi ordentlich abgefüllt?«, fragte Onkel Jakob.

Ich nickte. »Danke noch mal für den Tipp mit dem Wein!«

Onkel Jakob grinste uns unrasiert an. »Schadet eurer Mutter gar nicht, wenn die sich mal ein bisschen entspannt.«

Er schickte Vinz vor, um das Tor der Gärtnerei aufzusperren, dann half er mir ins Führerhaus des Lasters, und vorne am Tor zog ich Vinz neben mich auf den Beifahrersitz. Dann fuhren wir zur Schule.

Ein eisiger Windstoß fegte durch die Hauptstraße. Im Schein der Straßenlaternen wirbelte gleißender Schnee auf.

Vinz holte seine verspiegelte Kindersonnenbrille aus seiner Jackentasche.

»Was soll das denn?«, fragte ich.

»Im Fernsehen haben Gangster auch immer Sonnenbrillen auf«, antwortete Vinz.

»Ja – *tagsüber*! Wenn uns die Polizei mitten in der Nacht irgendwo aufgabelt, hilft dir das Ding auch nicht weiter!«

Onkel Jakob lachte. »Nicht streiten, Jungs. Lass ihm halt seine Sonnenbrille, Quentin.«

Ich seufzte. »Na gut.«

Vor der Schule schaltete Onkel Jakob den Motor aus. »So! Weiß jeder, was er zu tun hat?«

Ich nickte. »Du gehst ein bisschen spazieren, und wenn dich zufällig die Polizei dabei aufhält, sagst du, dass du nicht schlafen kannst.«

»Richtig«, sagte Onkel Jakob.

»Glaubt ihr wirklich, die Polizei erwischt uns?«, fragte Vinz.

»Nein«, beruhigte ihn Onkel Jakob. »Aber es ist nie verkehrt, wenn man für den Notfall eine Ausrede parat hat.«

Vinz dachte darüber nach.

Und ich sagte zu Onkel Jakob: »Also, während du unterwegs bist, lassen wir den Tank auslaufen. Dann rufen wir dich an, du holst uns wieder ab, wir fahren zurück …«

»… und danach geht's marsch ins Heiabetti!«, ergänzte Onkel Jakob.

»Und warum helfen wir nicht alle zusammen?«, fragte Vinz.

»Weil ich erwachsen bin, Vinzent. Das klingt jetzt zwar feige. Aber wenn ich bei so was von der Polizei erwischt werde, krieg ich beträchtlich mehr Ärger als ihr.«

Vinz stöhnte. »Jetzt redet ihr schon wieder von der Polizei!«

»Mach dir wegen der mal keine Sorgen!«

»Und warum redet ihr dann die ganze Zeit davon?«

»Weil man halt auf alles gefasst sein muss«, sagte ich. »Auch auf die Polizei.«

»Keine Sorge, Vinz«, sagte Onkel Jakob und gab mir sein Arbeitshandy, damit ich ihn später auf seinem Privathandy anrufen konnte. Was eigentlich total unfair war. Ich hatte immer noch kein eigenes Handy – und Onkel Jakob hatte zwei davon! Und ausgerechnet *meine* Mutter hatte ihm das zweite geschenkt – anstatt dass sie mir mein erstes schenkt. Unglaublich, echt!

Wobei Onkel Jakob ja gar nichts dafür konnte. Weswegen ich auch nicht auf ihn sauer war. Er sagte: »Wenn die Polizei wirklich kommen sollte, dann sage ich einfach die Wahrheit, Vinz. Dass der Laster meiner Schwester gehört und sie ihn mir geliehen hat, weil ich gerade kein Auto habe.«

»Wenn ihr noch einmal das Wort ›Polizei‹ sagt, kommt die wahrscheinlich wirklich«, meinte Vinzent.

»So ein Quatsch!«, sagte ich.

»Na, los jetzt!«, unterbrach uns Onkel Jakob. »Wir sind nicht zum Streiten hier, sondern zum Scheißebauen.« Er schaute erst mich, dann Vinz an. Dann grinste er. »Worauf wartet ihr? An die Arbeit!«

Nachdem Onkel Jakob in den Park hinter der Schule gegangen war, befestigte ich die Schläuche am Bewässerungstank, und Vinz kletterte über das Gatter auf den Schulhof. Dort nahm er die Sprinkler von mir entgegen und stellte sie gleichmäßig über den Hof verteilt auf.

Wir hatten Glück, weil sich riesige Schneeberge am Rand des Schulhofs aufgetürmt hatten, wo der Hausmeister den ganzen Schnee der letzten Wochen hingeschippt hatte.

Das Wasser, das jetzt aus dem Tank sickerte, konnte praktisch nicht ablaufen. Wodurch, wenn alles nach Plan lief, eine ungefähr ein Zentimeter dicke Eisdecke entstand, die von den Eingängen des Schulgebäudes bis zur Straße reichte.

Und tatsächlich lief auch alles wie geplant. Sogar Onkel Jakob war beeindruckt, als er von seinem Spaziergang zurückkam.

»Und, bist du von der Polizei aufgehalten worden?«, fragte ich ihn.

»Nein, bin ich nicht.«

»Siehst du?«, sagte ich zu Vinz.

Aber der hörte mich gar nicht. Seine Handschuhe waren nass geworden. Und jetzt war er damit beschäftigt, sich seine

Hände im Schneeanzug unter den Achseln zu wärmen, was wegen des Reißverschlusses ein bisschen kompliziert war.

Da fiel mir ein, dass ich Stellas Sachen noch dalassen musste. Ich hatte in den Ferien ein Tagebuch in Stellas Handschrift verfasst, in dem stand, was sie vorhatte: nämlich den Schulhof zu vereisen, weil die Schule sie so nervte.

Sicherheitshalber hatte ich mir auch noch eine Mütze und einen Schal von ihrem Kleiderhaken im Klassenzimmer geborgt. Quasi als Beweisstücke B und C. Was ja eigentlich auch nur fair war, nachdem Stella heimlich ungefähr siebzehntausend rosa Pimmel auf meine weißen T-Shirts gemalt hatte.

Stellas Sachen ließ ich nicht total offensichtlich, aber doch gut erkennbar auf dem Schulhof liegen. Damit sie morgen irgendein Lehrer finden konnte,
nachdem er auf dem vereisten Schulhof erst mal schön auf dem Hosenboden gelandet war.

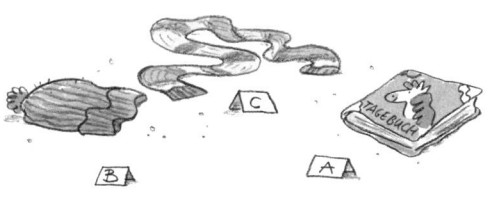

Ich hatte übrigens auch vor, morgen als Erstes auf dem Hosenboden zu landen, wenn ich zur Schule kam. Sozusagen als Alibi, falls *mich* jemand verdächtigen würde, für den vereisten Schulhof verantwortlich zu sein.

Man kann ja nie wissen. Einige Lehrer waren mittlerweile recht misstrauisch mir gegenüber.

Ich hatte also an alles gedacht. Wie gesagt, auch an die Polizei.

Nur dass die tatsächlich auftauchen würde – damit hatte ich nicht gerechnet.

Da saßen wir schon wieder in Mamas Kleinlaster: Onkel Jakob am Steuer, ich auf dem Beifahrersitz und Vinz wie eine Bratwurst in der Mitte. Wir waren gerade mal hundert Meter gefahren, bevor Onkel Jakob wieder auf die Bremse trat.

Am Ende der Straße war eine Kreuzung, die von einem Streifenwagen blockiert wurde. Das Dumme daran war: Wenn wir nach Hause wollten, mussten wir an dem Streifenwagen vorbei. Wir konnten nicht einfach wieder zur Schule zurückfahren. Denn dort, am anderen Ende der Straße, ging es nur noch in den Park. Und der war für Autos gesperrt. Was uns ja egal gewesen wäre – nur war da leider eine Schranke, die man nicht einfach umfahren konnte.

»Ich hab's doch gesagt!«, meinte Vinz. »Ihr habt zu viel von der Polizei gequatscht! Jetzt haben wir den Salat!«

»Was soll das denn jetzt?«, fragte ich. »Glaubst du wirklich, wir haben die mit unseren Worten herbeigezaubert?«

»Jetzt kriegt euch mal wieder ein«, sagte Onkel Jakob ruhig. »Das da vorne ist nur die Polizei und nicht die Taliban. Die machen bloß eine Alkoholkontrolle und ich hab ja nichts getrunken.«

»Ach so«, sagte Vinz. »Na dann.« Er beruhigte sich wieder ein bisschen. Aber nicht lange.

Denn Onkel Jakob sagte: »Trotzdem fänden die es wahrscheinlich seltsam, wenn ich mitten in der Nacht mit meinen beiden minderjährigen Neffen und einem leeren Wassertank auf der Ladefläche durch die Gegend fahre. Und garantiert erinnern die sich an uns, wenn sich morgen herausstellt, dass hundert Meter weiter der Pausenhof von Quentins Schule unter Wasser gesetzt wurde.«

»Mhm«, sagte ich. »Und was machen wir jetzt?«

»Wir ergeben uns!«, schlug Vinzent vor.

»Niemals«, sagte ich.

»Ihr macht Folgendes«, sagte Onkel Jakob und schaute mich an. »Ihr steigt jetzt aus, dann geht ihr zurück zu den Fahrradständern – und fahrt mit deinem Fahrrad durch den Park nach Hause! So war's ja auch mal geplant.«

»Und du?«, fragte ich ihn.

»Ach, ich komm schon zurecht, keine Sorge.«

Also machten wir es so. Vinz und ich stiegen aus dem Kleinlaster und huschten dicht an den parkenden Autos entlang zurück zur Schule und zu den Fahrradständern. Dort sperrte ich mein Mountainbike auf und Vinz schraubte den Fahrradkorb vom Gepäckträger. Dann ließ ich Vinz aufsteigen und fuhr zum Parkeingang.

Aber es war nicht die Schranke, weswegen ich dort anhielt.

Ich musste mich einfach noch mal umdrehen und sehen, was mit Onkel Jakob passierte.

Er stand jetzt mit dem Kleinlaster hinter dem Streifenwagen am Straßenrand. Ein Polizist stand neben der Fahrertür. Onkel Jakob hatte das Fenster runtergekurbelt, denn ich konnte seinen Kopf sehen.

Ich sagte zu Vinz auf dem Gepäckträger: »Setz deine Sonnenbrille auf!«

»Was?« Vinzent schaute mich an, als hätte ich ihn gerade zum Walzertanzen aufgefordert.

»Jetzt mach schon!«, sagte ich. »Wir können Onkel Jakob nicht einfach zurücklassen!«

»Aber das hat er doch selber gesagt – wieso denn auf einmal nicht?«

»Weil er unser Lieblingsonkel ist!«

»Er ist unser einziger Onkel!«

»Eben! Wenn er im Knast landet, wer soll uns dann beim Scheißebauen helfen?«

»Okay, auch wieder wahr«, sagte Vinz. »Aber was hast du denn jetzt vor?«

»Du nimmst mein Fahrrad und fährst auf den Streifenwagen zu. Ich renn hinter dir her und rufe: ›Haltet den Dieb, haltet den Dieb!‹ Dann drehst du um und fährst in den Park. Die Polizisten nehmen die Verfolgung auf. Und Onkel Jakob kann abhauen.«

»Und wenn die mich erwischen?!«, sagte Vinzent. »Ich will

doch auch mal Polizist werden. Dann darf ich das vielleicht nicht mehr!«

»Mein Gott, jetzt mach das doch nicht so kompliziert! Lass dich halt einfach nicht erwischen!«

Ich stieg vom Sattel und Vinz vom Gepäckträger. Vinz sagte: »Wenn das nicht funktioniert, erklärst *du* das Mama und Papa!«

»Okay, mach ich, und jetzt los!«

Vinz setzte seine Sonnenbrille auf. Damit sah er auf jeden Fall schon mal viel mehr nach Fahrraddieb aus als vorher. Vor allem nachts.

Er fuhr los. Ich lief langsam hinter ihm her, bis er etwa zehn Meter Vorsprung hatte. Dann rief ich, so laut ich konnte: »Haltet den Dieb! Mein Fahrrad! Mein schönes Fahrrad!«

Und schon drehte sich der Polizist, der mit Onkel Jakob redete, zu uns um. Und ein zweiter Polizist stieg aus dem Streifenwagen.

Vinz legte auf der verschneiten Straße eine Schlitterbremsung hin, sodass das Fahrrad eine Halbkreisdrehung machte. Dann trat er wieder in die Pedale und fuhr, so schnell es eben ging, auf der glatten Straße zurück in Richtung Parkeingang.

Ich machte noch einen Torwartsprung, als würde ich ihn aufhalten wollen und dabei knapp verpassen – rappelte mich aber sofort wieder auf und rannte ihm hinterher. »Na warte, du Schuft! Ich krieg dich!«, rief ich.

Dann sah ich auch schon den Farbschimmer des Blaulichts

auf dem Schnee. Die Sirene des Streifenwagens heulte kurz auf – und ich sag euch, wenn man das hört, dann kann man auf einmal richtig schnell laufen. Dann gibt's kein Seitenstechen mehr und der Schnee ist plötzlich auch nicht mehr rutschig. Ich holte sogar Vinzent ein – und wie gesagt, der fuhr Fahrrad! Und flennte. »Jaja!«, rief ich ihm zu. »Aber mir sagen, ich schrei wie ein Mädchen!«

»Oh Gott, wenn die uns erwischen – das gibt mindestens zwei Jahre Hausarrest!«, heulte Vinz.

»Die erwischen uns nicht!«, keuchte ich. Ich hatte mich, ohne anzuhalten, kurz umgedreht. Der Streifenwagen stand immer noch an der Schranke am Parkeingang. Aber einer der Polizisten sperrte die Schranke auf und schob sie beiseite, sodass der Streifenwagen durchfahren konnte.

Zum Glück waren wir da schon auf der anderen Seite des Parks. Ich ließ Vinz vom Sattel steigen und sich auf den Gepäckträger setzen. Dann stieg ich auf und fuhr weiter. Und als Erstes fuhr ich in die nächste Wohnanlage statt auf die Straße.

Auch dort gab es nämlich Pfeiler auf den Gehwegen, damit keine Autos durchfuhren. Das würde die Polizisten ein bisschen aufhalten. Und danach fuhr ich gegen die Fahrtrichtung in eine Einbahnstraße und hoffte, dass wenigstens Polizisten sich an die Verkehrsregeln hielten.

Anscheinend taten sie das, denn wir sahen sie nicht mehr, und fünf Minuten später waren wir zu Hause.

Aber noch lange nicht in unserem Bett!

Was ein Problem war, denn als wir die Wohnungstür aufschlossen, wurde gerade das Licht im Badezimmer angemacht. Kurz darauf fing es an zu plätschern, was bedeutete, dass Papa im Stehen pinkelte, obwohl Mama das überhaupt nicht leiden konnte. Was wiederum bedeutete, dass immerhin Mama schlief, sonst hätte Papa sich das nicht getraut.

»Mist«, zischte ich. »Wahrscheinlich ist das der Wein. Davon kann man zwar gut einschlafen, aber Pipi muss man trotzdem.«

»Und was machen wir jetzt?«, flüsterte Vinz.

»Nicht so viel reden«, flüsterte ich zurück und deutete zum Kinderzimmer.

Vinz rannte voraus und sprang in seinem Schneeanzug ins Bett. Ich riss vorher noch alle Fenster auf, dann sprang ich auch ins Bett.

Danach warteten wir. Wenn Papa nachts aufwachte, schaute er immer noch bei uns rein, bevor er wieder ins Bett ging.

Also taten wir so, als würden wir schlafen. Bis Papa sagte: »Was ist denn hier los?!«

»Papa?«, grunzte ich, als würde ich gerade aufwachen.

»Warum sind denn hier alle Fenster sperrangelweit auf?! Es ist doch tiefster Winter und saukalt!«

»Aber Mama sagt immer, wie wichtig es ist, sich abzuhärten«, murmelte ich. »Damit man nicht krank wird.«

»Und wieso schlaft ihr dann in Schneeanzügen?!«, fragte Papa weiter.

»Na ja, nur mit Schlafanzug wär's einfach zu kalt«, antwortete ich.

Papa machte die Fenster wieder zu und schüttelte dabei den Kopf, als hätte er gerade eine Sprungfeder verschluckt. »Manchmal frag ich mich wirklich, was in eurem Hirn vorgeht! So was Bescheuertes, echt!«

»'tschuldige, Papi, wir haben es doch nur gut gemeint.«

»Jaja, schon in Ordnung. Schlaf jetzt.«

»Gute Nacht. Hab dich lieb.«

»Ich dich auch«, grummelte Papa, dann ging er endlich wieder aus dem Zimmer.

»Das war knapp«, sagte Vinzent im Bett unter mir.

»Ja.« Ich wollte mich schon auf die Seite drehen, doch da hörte ich ein leises Klopfen.

Es kam vom Fenster. Ich stieg von meinem Stockbett runter und näherte mich vorsichtig.

Dann sah ich das breite Grinsen von Onkel Jakob draußen und machte das Fenster auf.

»Ihr seid total wahnsinnig!«, flüsterte er bestens gelaunt. Seine Augen funkelten richtig vor Freude.

»Hast du noch Ärger bekommen?«, flüsterte ich mit einem genauso breiten Grinsen zurück.

»Nein, nein, alles gut. Dann schlaft jetzt mal!« Er lachte leise und schüttelte dabei den Kopf. Dann zwinkerte er mir noch mal zu, bevor er wieder in den Kleinlaster stieg.

»Gute Nacht«, sagte ich, schloss das Fenster und ging endlich ins Bett.

KAPITEL 29

Am Morgen machte Papa zwar alle Lichter im Zimmer an und legte mir einen kalten Waschlappen aufs Gesicht – aber meine Augen kriegte ich trotzdem nicht auf. Dazu war es einfach zu früh. Wir hatten höchstens vier Stunden geschlafen. Erst als er das Radio anmachte und einen Sender fand, der Helene Fischer spielte, wurde ich wach und stand freiwillig auf.

Vinzent war sogar noch vor mir am Radio und zog den Stecker aus der Wand. Danach wankten wir in die Küche. Zwei Honigbrote später waren wir einigermaßen munter.

Sodass ich mich beim Zähneputzen schon richtig auf die Schule freute.

Ich schnappte mir meinen Rucksack und meinen Fahrradhelm – und Papa drückte mir noch eine Luftpumpe in die Hand. Es dauerte einen Moment, bis ich verstand, warum: Ich hatte ihm ja erzählt, dass mir jemand in der Schule die Luft aus den Reifen gelassen hatte.

»Danke«, sagte ich. Dann spazierte ich los in Richtung Bushaltestelle – bis meine Eltern endlich aufhörten, mir hinterherzuwinken, und wieder in der Wohnung verschwanden, um Vinz beim Schulranzenpacken zu helfen.

Da rannte ich schnell zurück und holte mein Fahrrad aus dem Gebüsch, in dem ich es letzte Nacht versteckt hatte.

Ich radelte so schnell ich konnte. Es war zum Glück frisch gestreut und ich kam einigermaßen gut voran. Als ich an der Schranke aus dem Park und auf die Straße fuhr, konnte ich schon die Menschenmenge vor der Schule sehen.

Achthundert Kinder. Achtzig Lehrer. Und die Feuerwehr!

Bingo! Mein Plan hatte funktioniert. Sie hatten die Schule absperren müssen!

Doch dann hatte auf einmal der Direktor ein Megafon in der Hand, während die Feuerwehrmänner Säcke, auf denen *Streugut* stand, zur Schule schleppten.

Ich stieg von meinem Fahrrad. Kurz hoffte ich noch, dass der Direktor über das Megafon alle nach Hause schicken würde. Aber Pustekuchen. Nachdem der Lautsprecher ein unglaublich hässliches Quietschen von sich gegeben hatte, schickte Brandl uns in die Turnhalle, wo wir klassenweise auf unsere Lehrer warten sollten. Wegen eines Sicherheitsproblems. Das aber in ein bis zwei Stunden schon behoben wäre.

»Ich wiederhole«, tönte es laut aus dem Megafon, »Unterrichtsbeginn ist heute ausnahmsweise um neun Uhr fünfundvierzig!«

»Soll das ein Witz sein?«, murmelte ich.

Ritesh drehte sich zu mir um. »Nein. Da ist anscheinend eine Wasserleitung geplatzt. Der ganze Schulhof ist vereist.«

»Und warum gibt es dann kein Schulfrei?« Ich war fassungslos.

»Gibt es doch«, sagte Ritesh. »Zwei Stunden sogar!«

Zwei popelige Stunden! Für die ganze Mühe! Dafür hatten wir uns mit der Polizei angelegt und jahrelangen Hausarrest riskiert. Ich schluckte. Das war einfach ungerecht.

Aber es kam noch schlimmer.

Ich entdeckte das Tagebuch, das ich so sorgsam gefälscht hatte, gleich hinter dem Tor auf dem Boden. Es war in der Eisschicht eingefroren. Es musste in der Nacht runtergefallen sein. Ich hatte es eigentlich auf das Fensterbrett des Physikraums gelegt. Jetzt war die ganze Tinte verwischt. Man konnte kein Wort mehr entziffern.

Als ich kurz darauf auch noch Stellas Schal und Mütze in der Schlamperkiste vorm Turnhalleneingang sah, war meine Laune endgültig im Eimer.

Aber das war noch nicht das Ende meiner Pechsträhne. In der dritten Stunde saßen wir wieder im Klassenzimmer, und ich stieß aus Versehen meinen Rucksack um – und der schlitterte, weil er so leicht war, bis rüber zu Stellas Bank.

Ich hatte meinen Rucksack nämlich nur mit ein paar Luftballons ausgestopft. Ich war ja davon ausgegangen, dass die Schule heute ausfallen würde. Deswegen wollte ich nicht meine ganzen Schulsachen mitschleppen. Doch voll aussehen musste mein Rucksack natürlich trotzdem. Deswegen die Luftballons.

Von denen Stella jetzt einen in der Hand hielt.

Ich nahm ihr den Rucksack schnell wieder weg und den Ballon auch. Aber zu spät. Da schlich sich schon aus den Tiefen der Hölle ein Lächeln auf ihre Lippen. Sie hatte mich durchschaut!

In der kleinen Pause ließ sie es mich wissen. »Du warst das!«, sagte sie fröhlich.

Ich stellte mich dumm und gähnte ihr ein gelangweiltes »Was denn?« entgegen.

Doch sie lachte nur und sagte: »Soll *ich* es Herrn Fritsche sagen oder willst du das selber tun?«

Also stellte ich mich noch dümmer, weil normaldumm bei Stella anscheinend nicht reichte. »Was redest du denn da?«

»Gut«, sagte Stella mit einem zuckersüßen Grinsen. »Dann tue *ich* es!« Und damit tänzelte sie zum Lehrerzimmer.

KAPITEL 30

Mir blieb nichts anderes übrig, als Stella hinterherzulaufen. Und ich hasse es, Mädchen hinterherzulaufen! Sogar wenn man Fangen spielt, ist das total uncool. Nur – wenn Herr Fritsche dahinterkäme, dass ich das mit dem vereisten Schulhof gewesen war ... dann wäre das noch um einiges uncooler.

Also rief ich Schlumpfine hinterher: »Moment mal! Was genau willst du Herrn Fritsche denn sagen?«

»Na, dass du das warst mit dem vereisten Schulhof«, trällerte Stella. »Was denn sonst?«

Ich fing an zu schwitzen, obwohl Winter war und ich nur ein T-Shirt anhatte, ausnahmsweise eines ohne rosa Pimmel drauf. Es war also eindeutig Angstschweiß. Was ich mir natürlich nicht anmerken lassen durfte.

Darum tat ich so, als hätte ich gerade ein paar Millionen Euro gefunden, mit denen ich mir zur Not meine eigene Schule kaufen könnte, falls ich aus dieser hier rausgeschmissen wurde – und sagte: »Das glaubt der dir doch nie. Du hast doch gar keine Beweise!«

»Also warst du's?«, fragte sie freundlich lächelnd.

»Nein!«

»Und warum streitest du es dann nicht ab?«

»Das mach ich doch gerade!«

»Ja, jetzt! Aber gerade eben hast du etwas von Beweisen gefaselt – und das macht man nur, wenn man schuldig ist. Und in die Enge getrieben wird! Wie du!«

Oh Mann. Die hatte anscheinend zu viele *Drei Fragezeichen*-Hörspiele gehört.

Und dummerweise hatte sie auch noch recht!

Stella klopfte an die Lehrerzimmertür. Als wär das nicht schon schlimm genug, machte auch noch ausgerechnet Herr Fritsche die Tür auf.

Nicht dass er besonders erfreut war, uns zu sehen. Er hatte einen vollen Mund und musste erst mal runterschlucken. Dann sagte er: »Stella, Quentin … Was gibt's?«

Stella schaute mich erwartungsvoll an. So als hätte ich mich bei einer Castingshow beworben und sollte jetzt vorsingen.

Also sagte ich: »Stella möchte Ihnen gerne petzen, dass ich das mit dem Schulhof war.«

Herr Fritsche staunte nicht schlecht. »Was?!«

Damit hatte auch Stella nicht gerechnet. »Was?!«, sagte sie genauso erstaunt.

»Na, das wolltest du doch, oder?«, sagte ich so gelangweilt, als würde ich gerade Schäfchen zählen, weil ich nicht einschlafen konnte.

»Ja, aber nicht so!«, keifte Stella. Dann drehte sie sich zu

Herrn Fritsche um. »Quentin hatte heute nur ein paar Luftballons in seinem Schulranzen ...«

»In meinem Rucksack«, unterbrach ich sie.

»Was?«

»Ich hab keinen Schulranzen mehr, ich hab einen Rucksack. Schau ich aus wie ein Viertklässler?«

»Aber das ist doch jetzt total egal!«, schimpfte Stella.

Herr Fritsche unterbrach sie mit einem genervten Stöhnen: »Kinder! Ich find's ja nett, dass ihr mich besuchen kommt.« Er deutete ins Lehrerzimmer. »Aber da drin wartet ein halb gegessenes Pausenbrot auf mich, das finde ich noch viel netter. So! Wir sehen uns in der Sechsten. In Ethik.«

»Nein!«, rief Stella. »Ich habe eindeutige Beweise, dass Quentin das mit dem Schulhof war!«

»Pff! Als wären ein paar Luftballons Beweise!«, sagte ich. Dann fiel mir sogar noch eine gute Ausrede dafür ein. »Das war doch nur ein Streich!«, log ich. »Von meinem Bruder. Weil wir uns gestritten haben. Damit ich heute Ärger kriege!«

Stella schaute mich an, als hätte ich gerade ein Baby mit Schnee eingeseift.

Und Herr Fritsche war um ungefähr noch mal zwanzig Prozent genervter.

»Kommt mal mit!«, sagte er und sperrte eine Tür gegenüber dem Lehrerzimmer auf. Es war die vom Besprechungszimmer, in dem die Lehrer ihre Elterngespräche führen. Manchmal müssen auch die Kinder mit dabei sein, weswegen ich das Zimmer ganz gut kenne.

Herr Fritsche fixierte erst Stella, dann mich – dann zischte er: »Ihr macht das jetzt unter euch aus!«

Bevor wir auch nur »Piep!« sagen konnten, hatte er uns in das Zimmer geschoben und die Tür abgesperrt.

KAPITEL 31

Ich klopfte natürlich sofort dagegen. »Hey! Sie können uns doch hier nicht einfach einsperren!«

»Vor allem nicht zusammen!«, schrie Stella die Tür an.

»Doch, das kann ich!«, hörten wir Herrn Fritsche hinter der Tür. »Das seht ihr ja.«

»Aber dürfen tun Sie's nicht!«, rief Stella.

»*Dürfen tun?*«, sagte Herr Fritsche hinter der Tür. »Das ist kein sehr schönes Deutsch, Stella! Von dir hätte ich anderes erwartet! Also dann – viel Erfolg!«

»Wobei denn?«, fragte ich die Tür.

»Na, bei eurer Versöhnung«, antwortete Herr Fritsche dahinter. »Ich lass euch nämlich erst wieder raus, wenn ihr euch vertragt!«

Danach hörten wir nur noch seine Schritte – Herr Fritsche war weg. Es war unglaublich. Er hatte uns tatsächlich eingesperrt. Und auch noch erpresst! So was dürfen Lehrer eigentlich gar nicht mehr.

Aber das half uns jetzt auch nicht weiter. Die Tür war zu und blieb zu – sosehr wir auch daran rüttelten. Dann probierte ich es mit den Fenstern, wir waren ja im Erdgeschoss. Aber sie ließen sich nur kippen, raus kamen wir nicht – Herr Fritsche hatte anscheinend sehr genau bedacht, warum er uns gerade in *diesen* Raum sperrte.

In der Decke gab es auch keinen Lüftungsschacht, durch den man fliehen konnte. So was sieht man ja ab und zu im Fernsehen. Hier gab es nur einen Rauchmelder, mit dem man einen Alarm auslösen konnte.

Aber da wir nicht rauchten, kam auch diese Möglichkeit nicht infrage.

Wir waren also gefangen. Aus, Äpfel, Amen. Nachdem wir uns damit abgefunden und ungefähr zehn Minuten lang angeschwiegen hatten, sagte ich: »Warum hast du mich angelogen?«

Stella schaute mit verschränkten Armen auf und bohrte mir ihren Blick ins Hirn. »Hä?«

»Du hast gesagt, du sorgst dafür, dass du auf eine andere Schule kommst, wenn ich dir helfe! Mit dem Zeltlager. In den Sommerferien. Schon vergessen? Ich hab mich an unsere Abmachung gehalten. Du nicht!«

Stella antwortete nicht. Jedenfalls nicht gleich. Aber als ich schon nicht mehr damit rechnete, sagte sie: »Meine Mutter hat gesagt, es geht nicht. Wir haben kein Geld für eine Privatschule.«

Mit der Begründung hatte ich nicht gerechnet. Aber ich war mir auch nicht sicher, ob ich Stella glauben konnte. Ich hatte mir eigentlich geschworen, ihr nie wieder zu glauben. Ich würde ihr montags nicht glauben, dass Montag war, und ich würde ihr nicht mal glauben, wenn sie mir bei strahlendem Sonnenschein sagen würde, dass die Sonne schien. Dazu war Schlumpfine einfach zu fies.

Aber jetzt hockte sich Stella auf einen der Stühle und schaute zum Fenster raus. Anscheinend war es ihr unangenehm, was sie mir gerade erzählt hatte.

Ich setzte mich auch hin. Eine halbe Stunde später kam Herr Fritsche zurück und befreite uns.

Stella und ich hatten kein Wort mehr miteinander gesprochen. Herr Fritsche wunderte sich schon, dass wir so ruhig waren. Also raunte ich ihm zu: »Wir haben uns vertragen.«

»Heißt das, ihr ärgert euch nicht mehr?«

Ich nickte. »Von mir aus.«

Auch Stella nickte jetzt. Dann verschwand sie aus dem Zimmer und ein paar Sekunden später ging ich ebenfalls raus. Wegen des vereisten Schulhofs hörte ich nichts mehr. Weder von

Stella noch von einem Lehrer. Die glaubten ja auch, dass die Ursache ein kältebedingter Wasserschaden war. Und Stella hätte wahrscheinlich gar nicht erklären können, wie ich das mit dem Schulhof angestellt hatte. Vielleicht war es ihr aber auch einfach zu krass, dafür zu sorgen, dass ich deswegen von der Schule flog. Doch das ist nur eine Vermutung. Womöglich fand sie ja, dass wir jetzt quitt waren.

Ich hielt mich jedenfalls erst mal an unseren Waffenstillstand. Bei mir war einfach die Luft raus. Dass mein vereister Schulhof nicht mehr Chaos ausgelöst hatte, war zu enttäuschend.

Am nächsten Tag setzte ich mich in der Mensa zu Ritesh. Wir aßen das vegetarische Gericht. Als er mich einlud, am Nachmittag bei ihm zu lernen, sagte ich zu. Es war gar nicht mal so furchtbar. Eine Woche später brachte ich die erste Zwei nach Hause. Meine Eltern freuten sich riesig.

Nach der vierten Zwei und zwei Einsern fingen sie allerdings an, sich Sorgen zu machen. »Willst du nicht mal eine Lernpause einlegen?«, fragte Papa.

Ich tat es ihm zuliebe. Wir spielten *Memory* mit Vinz und Mama, dann backten wir zusammen Pizza und schauten uns noch einen Film an.

Spätabends im Bett, als das Licht schon aus war, fragte Vinz in die Dunkelheit: »Was ist eigentlich los mit dir? Du bist irgendwie komisch.«

»Ich muss jetzt erwachsen werden, Vinz«, antwortete ich. »Ich bin nicht mehr in der Grundschule. Also genieß die Zeit, die du noch hast!«

Vinz drehte sich in seinem Bett auf die Seite. »Als Kind warst du lustiger!«, sagte er.

Da hatte er natürlich recht. Kleine Warnung an alle: Erwachsen sein ist unglaublich langweilig! Das hing mir jetzt schon total zum Hals raus – und ich machte das erst seit zwei Wochen! Das konnte unmöglich so weitergehen.

Aber was tut man in so einer ausweglosen Situation?

Eigentlich ganz einfach …

Man hört mit dem langweiligen Krempel auf und fängt wieder mit dem an, was Spaß macht!

KAPITEL 32

Erst mal tat ich aber weiter so, als wäre ich inzwischen das bravste Kind der Welt. Das war vielleicht die Hölle, ich sag's euch! Aber es lohnte sich. Sogar Stella hatte sich inzwischen an unseren Waffenstillstand gewöhnt. Anfangs war sie ja noch recht misstrauisch gewesen. Aber das legte sich irgendwann. Auch bei Herrn Fritsche. Der bevorzugte zwar immer noch die Mädchen im Unterricht, doch gelegentlich gab er nun auch mir eine Zwei.

Selbst Pfarrer Köhler, der ultrastrenge katholische Religionslehrer, war auf mich aufmerksam geworden – obwohl ich in Ethik war. Aber alle dachten ja jetzt, ich sei ein Musterschüler. Laut Pfarrer Köhler konnte das nur sein, weil der liebe Gott da seine Finger mit im Spiel hatte – und da könnte ich mich doch auch gleich taufen lassen, schlug er vor. Also fragte ich ihn, wie viel er mir dafür zahlen würde, und danach hatte ich wieder meine Ruhe.

Und Ruhe brauchte ich auch: um mir einen neuen Plan auszudenken, wie ich Stella endgültig von der Schule jagen könnte. Es wird ja immer schwieriger, sich was Neues einfallen zu lassen, je mehr man schon gemacht hat. Aber da stolperte ich glücklicherweise über eine Umzugskiste voller Bücher, die Papa gerade ausmisten wollte. Er hatte eine Wette laufen mit Mama. Für jede Liebesschnulze, die sie zu den Flohmarktsachen gab, würde er einen Horrorroman aussortieren.

»Stephen King – wer ist das denn?«, fragte ich.

»Oh, der hat tolle Bücher geschrieben. Aber dafür bist du noch ein bisschen zu klein.«

Diesen Satz hasse ich fast so sehr, wie ich ein gewisses Mädchen hasse: dass ich für etwas noch zu klein bin. Pff! Wenn ein Erwachsener so was zu einem sagt, muss man ja schon aus Prinzip genau das machen, wofür man angeblich noch *zu klein* ist. In diesem Fall: sich die Horrorbücher meines Vaters schnappen.

Da es aufgefallen wäre, wenn ich mir alle genommen hätte, schmuggelte ich nur zwei Bücher aus der Kiste. Eins hieß *Christine*, das andere *Carrie*. Beides Mädchennamen – was mir vielversprechend erschien, weil ich es ja auch mit einem Horrormädchen zu tun hatte.

Das eine Buch konnte ich aber gleich wieder weglegen, weil es da nicht um ein schreckliches Mädchen, sondern um ein Auto ging, das Christine hieß. Aber das andere Buch, *Carrie*, war für meine Ideensammlung schon etwas hilfreicher. Außerdem war es nicht besonders dick, was auch ganz praktisch war.

Nachdem ich es gelesen hatte, schnappte ich mir mein Longboard und fuhr zum Baumarkt. Dort gab es gerade Wandfarbe im Angebot. Ich wollte mir einen Zehnlitereimer Schweinchenrosa mischen lassen. *Rosa*, weil es passte. Und *Schweinchen*, weil das noch viel besser passte. Aber in der Farbenabteilung des Baumarkts kam mir eine *noch bessere* Idee: schlumpfblau! In Schlumpfblau würde Stella ihrem Spitznamen endlich gerecht werden!

Ich stellte den Farbeimer auf mein Longboard und zog ihn mit einer Schnur hinter mir her nach Hause. Dann weihte ich Vinzent in meinen Plan ein. Der war überglücklich, dass ich nun kein doofer Erwachsener mehr war.

»Okay, es reicht«, sagte ich zu ihm, nachdem er mich jetzt schon zwei Minuten lang umarmte und immer noch nicht losließ.

Vinz wischte sich mit dem Ärmel den Schnodder von der Nase und sagte: »Was soll ich machen?«

»Wir brauchen ein Huhn!«

»Tiefgefroren oder frisch? Heute ist Wochenmarkt, da könnten wir Glück haben.«

»Ein lebendiges Huhn!«, sagte ich.

»Hä?« Vinz stutzte. Aber dann leuchtete sein Gesicht auf wie eine Taschenlampe im Nebel. »Aah!«, machte er. »Jetzt versteh ich!«

Auf die Idee mit dem Huhn bin ich gekommen, weil seit Weihnachten eins auf der anderen Straßenseite wohnte. Also nicht nur eins, sondern drei. Und zwar bei Lasse und Feli. Die hatten die Hühner geschenkt bekommen. Feli war zwar auch ein dummes Huhn, aber anscheinend reichte das ihren Eltern nicht. Außerdem konnte sie keine Eier legen. Das war anscheinend der eigentliche Grund, warum die sich Hühner angeschafft hatten.

Familie Stolte-Nieben aß jetzt nämlich keine normalen Eier aus dem Supermarkt mehr. Nicht mal die von den »glücklichen Hühnern«. Nein, die aßen jetzt nur noch Eier, die bei ihnen vollgekackt im Garten rumlagen.

Und deswegen hatten sie jetzt drei Hühner.

Beziehungsweise bald nur noch zwei, wenn mein Plan funktionierte.

»Es ist ganz einfach«, sagte ich zu Vinzent. »Du klingelst drüben und sagst, dass du gerade ein Huhn auf der Kreuzung gesehen hast. Dann rennen Feli und Lasse – und wenn ihre Eltern da sind, die auch – garantiert sofort zur Kreuzung. Und ich kann in Ruhe das Huhn klauen, das in Wirklichkeit gar nicht auf der Kreuzung ist.«

Ich würde dafür auf der Rückseite des Hauses über die Gartenmauer klettern. Wenn Feli und Co. dann ratlos zurück in den Garten kämen, weil sie draußen auf der Straße nirgendwo ihr Huhn gefunden hätten – dann würde das schon in meinem Fahrradkorb sitzen und sich darüber wundern, wohin es gerade gefahren wurde.

Nämlich in die Turnhalle meiner Schule.

Dort fand nächste Woche das Halbjahreskonzert statt. Das

ist zwar ein komischer Name für eine Konzertveranstaltung – aber an unserer Schule hat es anscheinend Tradition: Kurz vor dem Zwischenzeugnis wird in feierlichem Rahmen der Winter verabschiedet. Oder besser gesagt, in die Flucht gejagt: Es war nämlich nicht gerade radioreif, was die Big Band und der Schulchor da seit Wochen vor sich hin musizierten. Aber das war absolut okay. Mir war nur eines wichtig: dass Schlumpfine bei dem Konzert auch auftreten würde.

Ein paar Tage vorher ging ich mit Ritesh rüber zur 5a. Das war inzwischen die schlimmste fünfte Klasse unserer Schule, und der Schlimmste von den Schlimmen war Daniel – der Typ, der mir schon am ersten Schultag ein blaues Auge verpasst hatte.

Doch wie jedes Kind hat auch Daniel ein paar gute Eigenschaften. Er zum Beispiel kann auf Kommando furzen. Das kam mir jetzt sehr gelegen. Und Daniel wollte nicht mal Geld annehmen für seine Dienste. Er war sogar richtig beleidigt, als ich ihm was anbot. Andere zu ärgern ist für ihn – Ehrensache.

Mit Ritesh hatte ich mich in den letzten Wochen richtig gut angefreundet. Auch er hat seine Talente. Außer Lernen kann er noch jonglieren, auf einer Slackline balancieren und wahnsinnig gut klettern. Was sehr praktisch ist, bei den vielen Bäumen in unserm Pausenhof. Zum Beispiel, wenn man bei einer Mutprobe einem Siebtklässler einen Schneeball hinten am Nacken in den Pulli stecken muss. Praktisch war auch, dass Ritesh beim

Halbjahreskonzert als Bühnenhelfer mitmachte. Und da meine Eltern dachten, dass er so einen guten Einfluss auf mich hatte, glaubten sie auch sofort, dass ich ebenfalls einer der Bühnenhelfer war. Was ja nur halb gelogen war, denn ich *wollte* durchaus helfen.

Helfen, Stellas Auftritt zu versauen!

Eine Stunde vor dem Konzert fuhr ich also mit dem Fahrrad einmal um den Block bis zur Mauer hinter Felis und Lasses Garten. Den Farbeimer und die Angel meiner Mutter hatte ich mit Riteshs Hilfe schon am Vormittag hinter der Bühne versteckt. Ich schaute auf die Uhr, dann prüfte ich die Expander, mit denen ich meinen Fahrradkorb hühnersicher gemacht hatte. Da hörte ich schon die Türklingel!

Ich benutzte die Querstange meines Fahrrads als Steigbügel, um auf die Mauer zu klettern. Dann sprang ich auf der anderen Seite runter – und purzelte gerade noch rechtzeitig hinter einem Busch in Deckung, als Lasse und Feli zusammen mit Vinz durch die Terrassentür in den Garten kamen.

»Nein, schau doch!«, hörte ich Feli sagen. »Die sind alle da.«

Mist.

Anscheinend hatte sie mit Lasse gerade im Garten gespielt, als Vinz klingelte. Die Lüge mit dem ausgebüxten Huhn auf der Straße funktionierte nicht.

Aber auch Vinz hatte ja seine guten Eigenschaften. Mal abgesehen davon, dass er mein Bruder war, war er noch dazu total nett. Weswegen jetzt sogar Lasse und Feli nett zu ihm waren. Und lügen konnte er auch richtig gut. Das hatte er von mir! »Ist ja komisch …«, sagte er. »Ich hab da doch ein Huhn gesehen. So ein schwarzes. Mitten auf der Straße.«

»Hm, Hanni und Nanni sind braun«, hörte ich Lasse sagen. Dann Feli: »Und Lilifee ist weiß.«

»Vielleicht gehört es jemand anderem?«, überlegte Lasse.

»Ja. Wahrscheinlich«, meinte Vinz. »Na, Hauptsache, euren Hühnern geht's gut.«

In meinem Versteck hinter dem Busch sah ich, wie Vinz sich wehmütig umdrehte. So als müsste er jetzt gehen, obwohl er das gar nicht wollte.

Da sagte Feli: »Hey, magst du unser Spielzimmer sehen?«

»Ihr habt ein *Spielzimmer*?«, fragte Vinz.

»Klar, ihr nicht?«

»Wir haben nur ein normales Zimmer. Also, ein Kinderzimmer halt.«

»Oh. Echt? Das tut mir leid. Also – willst du?«

»Klar«, sagte Vinzent.

Dann verschwand er mit Feli und Lasse im Haus.

In dem Moment hätte ich zwar auch gerne gewusst, wie dieses Spielzimmer aussah. Doch ich hatte es eilig. Ich rappelte mich hinter dem Busch auf und lief gebückt zu dem Verschlag, in dem sich die Hühner befanden. Dann drückte ich den Haken hoch, mit dem das Gatter abgesperrt war, und duckte mich hinein.

Die Hühner gackerten und flatterten mit ihren ungelenken Flügeln. Eins flatter-flog mir direkt in die Arme vor lauter Aufregung. Es war Lilifee, das weiße Huhn.

Das ich erst mal umtaufte. »Du heißt ab jetzt Ingrid, okay!«, sagte ich. »Wenigstens solange ich auf dich aufpasse.«

Ingrid war einverstanden.

Also stülpte ich ihr meinen alten Turnbeutel über, in den ich extra ein schönes Loch für ihren Kopf geschnitten hatte. Dann zog ich den Turnbeutel wie einen Rucksack über die Schulter und rannte zurück zur Mauer, schob die alte Plastikrutsche davor und kraxelte rüber.

Mit Ingrid auf dem Rücken radelte ich zur Schule. Ab und zu gab sie ein »Gack. Gack-gack!« von sich, so als wollte sie mich auf etwas aufmerksam machen.

Schau mal da, ein Spielplatz!

Es schien ihr jedenfalls ganz gut zu gefallen, mal ein bisschen mehr von der Stadt zu sehen.

KAPITEL 33

Ritesh ließ mich durch den Hintereingang in die Turnhalle, und wir eilten auf die Empore über der Bühne, wo Ritesh beim Konzert die Scheinwerfer ausrichten und den Vorhang bedienen würde. Jetzt musste jeder Handgriff sitzen und alles sehr schnell gehen, sonst war ich geliefert. Ich probierte die Angel aus. Die Schnur ließ sich einwandfrei abkurbeln und wieder aufkurbeln. Sehr gut! Als Nächstes öffnete ich den Farbeimer und rührte das Schlumpfblau darin noch mal um, damit die Farbe schön breiig war. Tut man das nicht, bildet sich an der Oberfläche eine kleine Wasserschicht – und wenn die zuerst runtertropfte, hätte ich Stella auch gleich eine Ampel vor die Nase stellen können, um sie zu warnen.

Ritesh hielt derweil nach Daniel Ausschau.

»Ist er schon da?«, fragte ich.

Ritesh schüttelte den Kopf. Ich schaute ebenfalls durch den Spalt im Vorhang runter auf den Zuschauerraum. Die Sitzplätze füllten sich langsam und es wurde lauter. Die Musiklehrer schwirrten aufgeregt umher. Der Direktor unterhielt sich mit ein paar Eltern. Auch Herr Fritsche war schon da.

Meine Eltern hatte ich zum Glück davon abhalten können,

ebenfalls zu kommen. »Ich mach doch gar nicht mit, ich helf nur hinter der Bühne ...«, hatte ich gesagt.

Jetzt war der Zeitpunkt gekommen, wo ich Ritesh vielleicht warnen sollte. »Hör mal«, sagte ich auf der Empore zu ihm, »wenn man mich wider Erwarten erwischt und du gefragt wirst, warum du mir geholfen hast – dann sagst du, dass ich dich erpresst und dazu gezwungen habe!«

»Aber –« Ritesh hatte einen Kloß im Hals und räusperte sich. »– dann kriegst du doch noch mehr Ärger.«

»Ja, aber du kriegst keinen!«, sagte ich. »Schließlich hilfst du mir ja nur.«

Dann entdeckte ich Daniel. Wir hatten vereinbart, dass er sich in der dritten Reihe an den Rand setzt. Dort hörte man ihn am besten, wir hatten das ausprobiert. Die Geruchsbelästigung wäre zwar stärker, wenn er mitten im Publikum säße. Aber man kann eben nicht alles haben.

Direktor Brandl klopfte auf ein Mikrofon, als es losging, und das Klopfen pochte aus den Lautsprechern. Dann hielt er seine Eröffnungsrede. Derweil stellten sich die Mitglieder der Big Band hinter dem Vorhang an ihre Plätze.

Als die Zuschauer klatschten, wurde es dunkel. Ritesh betätigte den Vorhang. Die Big Band fing an zu spielen. Es war ein Lied von den *Beatles*. Das war so eine Uralt-Band aus der Steinzeit, aber trotzdem ganz gut. Wobei die echten *Beatles* natürlich besser spielten als unsere Big Band.

Nach den *Beatles* waren die *Rolling Stones* dran. Das war auch so eine Steinzeit-Band, nicht ganz so gut wie die *Beatles*, aber immer noch okay. Jedenfalls zehnmilliardenmal besser als das, was Stella vorhatte zu spielen.

Ihr Lied hieß *Ein bisschen Frieden*. Es war von einer Sängerin, die Nicole hieß. Die war zwar nicht ganz so alt wie die *Beatles*, klang aber ungefähr sechstausend Jahre älter. Und das Lied war eins dieser Lieder, mit denen man in Gefängnissen Geständnisse erpresste. Es war wirklich schlimm. Glaubt mir. Und es konnte nur einen Grund geben, warum sie es spielen wollte: Wahrscheinlich war es das Lieblingslied von Herrn Fritsche.

Als die *Rolling Stones* – beziehungsweise unsere Big Band – fertig waren, konnte ich Stella unten schon sehen. Sie war als Nächste dran. Sie wirkte ziemlich aufgeregt. Ich klemmte mir eine Wäscheklammer auf die Nase und pustete – Rache ist süß! – das extrascharfe Chilipulver aus unserem Küchenschrank zu ihr runter.

Drei Sekunden später musste Stella niesen. Sie stellte ihre Gitarre ab, suchte nach einem Taschentuch – und als sie keines fand, verschwand sie wieder hinter der Bühne.

Ich nahm die Angel und fing an zu kurbeln. Es dauerte ein bisschen, aber dann schaffte ich es, dass sich der Angelhaken in einer Gitarrenseite verfing, und ich konnte die Gitarre nach oben ziehen.

Als Nächstes gab ich Ritesh das Zeichen, und er eilte von der

Empore die enge Treppe runter, während ich all meine Kraft brauchte, um den Farbeimer auf die Brüstung zu hieven. Ritesh sollte so tun, als wolle er Stella helfen, die »verlorene« Gitarre zu suchen.

Da rief jemand im Publikum schon: »He, wann geht's endlich weiter!?« Es war Daniel – wie abgemacht –, und eine der Musiklehrerinnen ermahnte ihn, sofort ruhig zu sein.

Es lief also alles wie am Schnürchen. Stella war auch wieder an ihrem Platz. Ich warf noch einen Blick über die Brüstung und verrutschte den Farbeimer ein paar Zentimeter nach links, damit sie genau unter ihm stand.

Ich konnte nur ihren Kopf sehen, perfekt.

Dann ging der Vorhang auf – und ich kippte den Eimer um!

Es machte *Platsch!* – und eine Sekunde später hörte man ein unglaublich lautes Einatmen. So als hätte das gesamte Publikum versucht, vor lauter Schreck mit einem Atemzug alle Luft aus der Turnhalle zu saugen. Ich seilte derweil mit der Angel den Turnbeutel ab – aber am Bühnenrand, sodass er hinter dem Vorhang verborgen blieb. Den Turnbeutel hatte ich halb geöffnet, damit Ingrid bequem rausspringen konnte.

Auf halbem Weg nach unten flatterte sie schon auf die Bühne. Sie stolzierte einmal vorne an Stella vorbei, dann noch einmal hinter ihr. Dazu machte sie ein paarmal »Gack. Gack-gack!« – dann flatter-flog sie ins Publikum und auf den Schoß von Herrn Fritsche, auf den sie erst mal ein kleines breiiges Bätzchen kackte. Was für ein Huhn, echt! Als hätte ich es dressiert. Ich war richtig stolz auf Ingrid.

Das Publikum starrte immer noch gebannt auf die Bühne, wo es Stella anscheinend die Sprache verschlagen hatte. Es war jetzt gespenstisch still.

Bis ein Sieben-Sekunden-Pups aus der dritten Reihe wie ein Silvester-Knallfrosch in die Luft hüpfte und Daniel anfing zu lachen.

Da schnappte ich mir die Angel, rannte die Treppe runter und eilte zum Hintereingang. Ich war so was von glücklich! Nach diesem Auftritt würde sich Schlumpfine nirgendwo mehr blicken lassen können – also wenigstens nicht mehr an unserer Schule. Und damit das auch niemand vergessen würde, hatte Daniel alles auf seinem Handy gefilmt.

Doch weiter als bis zum Hintereingang kam ich nicht.

Denn dort stand Stella.

Mit Direktor Brandl.

Und Ritesh!

KAPITEL 34

Es dauerte einen Moment, bis mir überhaupt auffiel, dass Stella gar nicht von Kopf bis Fuß in Schlumpfblau getunkt war. Sie war nicht mal am Kopf blau. Oder am Fuß. Und ihr schickes schwarzes Kleid sah immer noch so toll aus wie vorher. Also, auf so eine total spießige Weise natürlich.

Ich verstand die Welt nicht mehr. Ich sagte: »Hä?«

Erst dann erkannte ich Frau Casal, die Schulpsychologin. Sie hatte mit einem Song von Adele auftreten wollen, *Someone like you*, gleich nach Stella.

Und *Frau Casal* war von Kopf bis Fuß in Blau getunkt! Herr Fritsche führte sie gerade weg – wahrscheinlich zu den Duschen, wir befanden uns ja in der Turnhalle.

Was in diesem Fall ganz praktisch war.

Ich brauchte eine Weile, um mir das alles zusammenzureimen. Ich konnte mir, was schiefgelaufen war, nur so erklären: Stella war nach meiner Chilipulver-Attacke am Bühnenaufgang noch mit Niesen beschäftigt gewesen. Deshalb hatte sie Frau Casal vorgeschickt. Die laut Programm eigentlich *nach* ihr mit ihrem Lied dran gewesen wäre.

Aber letztlich war das alles keineswegs Zufall, sondern nur

ein Teil eines ganz fiesen Plans von Stella: Sie hatte nämlich Ritesh in den vergangenen Wochen schöne Augen gemacht, damit der sie auf dem Laufenden hielt, was ich mit ihr vorhatte. Und mit Ritesh hatte sie leichtes Spiel gehabt: Der war ja schon zu Beginn des Schuljahrs in sie verknallt gewesen.

Tja – und so war Stella mir immer einen Schritt voraus gewesen.

Das war ja schon peinlich genug. Aber dazu kam noch der Schock, dass ausgerechnet Ritesh, mein neuer bester Freund, mich verraten hatte! Wahnsinn, echt! Normalerweise wäre ich jetzt unglaublich sauer gewesen. Wenn zum Beispiel Vinzent so was gemacht hätte! Dann hätte ich bestimmt jeder seiner Actionheldenfiguren mit Mamas Nagellack die Fingernägel rot lackiert. Oder ich hätte ihm Kraftkleber aufs Klopapier geschmiert. Egal, was ich gemacht hätte – ich wär wahrscheinlich ausgeflippt.

Aber Ritesh konnte ich irgendwie nicht böse sein. Warum nicht? Erstens entschuldigte er sich sofort: »Tut mir leid«, murmelte er am Hintereingang der Turnhalle, wo man mich erwischt hatte. »Ich musste es ihr einfach sagen.«

»Aber wieso?«, fragte ich.

»Ich weiß auch nicht. Sie muss mich hypnotisiert haben oder so.«

Und da grinste Stella schon wie die aufgehende Morgensonne. Diese Hexe! Vor allem deswegen konnte ich Ritesh nicht böse sein. Ausgerechnet in sie hatte er sich verliebt! In das absolute Grauen! Ich fand, das war schon Strafe genug. Eigentlich tat mir Ritesh sogar richtig leid.

Aber bevor ich ihm das sagen konnte, zischte Direktor Brandl: »In mein Büro!«

Ich schluckte. Und sagte: »Darf ich vorher noch mein Huhn holen?«

Tja, und so bin ich dann im Büro des Direktors gelandet.

Wie gesagt, es ist eigentlich ganz gemütlich dort. Wenn man nicht gerade von der Schule fliegt.

»Was hast du dir dabei gedacht?«, fragte Direktor Brandl.

Ich streichelte Ingrid, damit sie mir nicht auf den Schoß kackte.

»Na ja«, fing ich an. »Ich dachte halt, wenn Schlumpfine da in Schlumpfblau getunkt auf der Bühne steht, vor so vielen Leuten – und sie dabei sogar von einem gackernden Huhn ausgelacht und aus dem Publikum ausgepupst wird ... dann ist ihr das so peinlich, dass

sie vielleicht doch noch ihre Mutter anfleht, sie auf eine andere Schule zu schicken. So wie es eigentlich ausgemacht war.«

Direktor Brandl schüttelte den Kopf. Er hatte überhaupt sehr oft den Kopf geschüttelt an diesem Abend, während ich ihm meine Geschichte erzählte. Doch jetzt sagte er: »Ich möchte dich mal was ganz anderes fragen, Quentin. Hast du dir eigentlich schon Gedanken gemacht, was du mal beruflich werden willst – wenn du erwachsen bist?«

»Also, entweder Polizist«, antwortete ich. »Oder Bankräuber. So genau weiß ich das noch nicht.«

Daraufhin schüttelte Direktor Brandl erst mal wieder den Kopf. Bis es an der Tür klopfte.

Ich rechnete mit meinem Vater, den der Direktor vorhin angerufen hatte, damit er mich abholte.

Aber es war nicht mein Vater. Es war Stella, die die Tür öffnete – Stella in ihrem schwarzen Kleid, in dem sie jetzt aussah wie eine Gangsterbraut. Lächelnd meinte sie zu Direktor Brandl: »Ich wollte fragen, ob ich noch irgendwie helfen kann. Sie brauchen doch sicher meine Zeugenaussage. Sie können Quentin ja nicht einfach so von der Schule schmeißen. Also, ohne Zeugenaussage meine ich.«

Diese Schlange! Erst schickte sie eine unschuldige Schulpsychologin eiskalt in ihr Verderben. So fies muss man ja erst mal sein – aber jetzt auch noch das!

Nee, Freunde, nicht mit mir, dachte ich mir da – und sagte: »Herr Direktor – ich geb ja zu, das mit dem Farbeimer war meine Idee. Aber ich wollte nicht Frau Casal treffen, sondern Stella! Nur dass Stella das wusste – weshalb sie Frau Casal vorgeschickt hat. Dass Frau Casal voller Farbe ist, ist eigentlich Stellas Schuld!«

Worauf Stella sagte: »Hä? Meinst du das jetzt ernst?!«

Und wie ernst ich das meinte! Vor allem, seit Direktor Brandl, statt den Kopf zu schütteln, sich zur Abwechslung mal das Kinn rieb. Was hieß, dass er über meine Worte nachdachte. He he!

Nur mit einem hatte ich nicht gerechnet. Und Stella auch nicht. Nämlich mit dem, was Direktor Brandl dann sagte.

Es war wahrscheinlich das Schlimmste, das ich jemals gehört hatte. Sogar Stella verschlug es die Sprache. Man konnte richtig sehen, wie sich die Tränen in ihren Augen stauten. Und diesmal waren die Tränen echt, ganz sicher. Denn auch mir war zum Heulen zumute.

Weswegen ich Stella nicht mal auslachen konnte. Dafür war ich viel zu beschäftigt, den Direktor um Gnade anzuflehen und ihm was von den Menschenrechten zu erzählen, die wir gerade in Ethik durchnahmen. Denn es gab ja zum Beispiel die Haager Landkriegsordnung, die besagte, dass man sogar im Kriegsfall gewisse Regeln einhalten musste.

Aber es half nichts. Nicht mal bestechen konnte ich ihn, da mein letztes Taschengeld für den Farbeimer draufgegangen war.

Nichts half! Gar nichts.

»Das ist alles deine Schuld!«, zischte Stella am nächsten Tag.

»Ja, genau!«, zischte ich zurück. »Dass ich nicht lache!«

»Ruhe da vorne«, sagte Herr Fritsche, dann drehte er sich wieder zur Tafel um und schrieb weiter.

Er hatte Stella und mich in die erste Reihe gesetzt. Auf Anweisung des Direktors.

Aber das war noch nicht das Schlimmste. Das Schlimmste war noch viel schlimmer. Er hatte uns auch noch nebeneinander gesetzt.

Für den Rest des Schuljahrs!

NEBEN. EIN! ANDER!!

KAPITEL 35

Spätabends im Bett sagte ich in die Dunkelheit: »Vinz?«

»Ja?«

»Bist du noch wach?«

»Sonst hätt ich wahrscheinlich Nein gesagt.«

»Gut«, sagte ich. »Ich brauch wieder deine Hilfe.«

»Geht's um Stella?«, fragte Vinz.

Ich nickte.

»Hallo? Ich hab dich was gefragt«, sagte Vinz.

Ich drehte mich auf die Seite und schaute über die Bettkante nach unten. »Natürlich geht's um Stella. Um wen sonst?«

»Gut!« Vinzent kletterte aus seinem Bett und zu mir nach oben. Er grinste mich an. Es war wieder dieses typische Vinzent-Grinsen, das sich von einem Ohr zum anderen erstreckte und dann zu mir übersprang.

Genau das brauchte ich jetzt. Wir machten uns wieder an die Arbeit. Und schmiedeten den nächsten Plan!

Stephan Knösel

Stephan Knösel, 1970 geboren, lebt mit seiner Frau und den beiden Söhnen in München. Für seinen Roman *Echte Cowboys* erhielt er unter anderem das Kranichsteiner Jugendliteratur-Stipendium und den Bayerischen Kunstförderpreis in der Sparte Literatur. Sein zweiter Roman *Jackpot – wer träumt, verliert*, war für den Deutschen Jugendliteraturpreis nominiert. Zuletzt erschien von ihm der Roman *Panic Hotel. Letzte Zuflucht.*
www.stephanknoesel.de

Stephan Knösel
Ausgerappt

Roman, 128 Seiten (ab 11), Gulliver HC 81324
Mit Bildern von Marek Bláha

Niels und Saad sind mehr als beste Freunde. Bis sich beide in das gleiche Mädchen verlieben. Sie schwören einen fairen Wettstreit, aber das ist leichter gesagt als getan. Denn was die Jungs auch anstellen, um ihre Gunst zu gewinnen, Larissa lässt sie links liegen. Doch dann taucht ein schräger Rapper auf und nimmt die Sache in die Hand. .

Stephan Knösel
Jackpot – Wer träumt, verliert

Roman, 272 Seiten (ab 13), Gulliver TB 74436
Ebenfalls als E-Book erhältlich (74344)

Rasant wie ein Actionfilm!
Ein Auto kracht gegen einen Baum, das geheimnisvolle Mädchen Sabrina und eine Tasche voller Geld im Kofferaum – Jackpot! Dumm nur, dass Chris und sein Bruder Phil nicht die einzigen sind, die scharf darauf sind. Sabrina erzählt aberwitzige Geschichten, die Gang nebenan schlägt los und die Polizei will auch mitreden. Doch alle sind nichts gegen den Mann, der mit Sabrina im Auto saß. Er würde töten für seinen Jackpot …

GULLIVER   www.beltz.de

Stephan Knösel
Panic Hotel. Letzte Zuflucht

Roman, 357 Seiten (ab 14), Gulliver TB 81270
Ebenfalls als E-Book erhältlich (75830)

Der Konflikt zwischen den Atommächten
eskaliert. Reiche Menschen haben sich rechtzeitig
in Bunker eingekauft, die wie Luxushotels
funktionieren. Nur hier ist ein Überleben noch
möglich. Auch für Janja und Wesley ist so ein
Bunker die letzte Rettung. Als Bedienstete
werden sie jedoch wie Sklaven behandelt und
ihre Liebe birgt lebensbedrohliche Gefahren
für sie. Als plötzlich Menschen verschwinden,
lehnen sich die beiden gegen das erbarmungslose
System auf …

Salah Naoura
Hilfe! Ich will hier raus!

Roman, 159 Seiten (ab 8), Gulliver TB 81366
Ebenfalls als E-Book erhältlich (81367)
Ausgezeichnet mit dem Leipziger Lesekompass 2014
Nominiert für den Deutsch-Französischen Jugendliteraturpreis 2014

Friede, Freude, Gold im Garten? Eines Tages
steht Oma Cordula vor der Tür und behauptet,
im Garten sei ein Schatz vergraben. Das bringt
die Familienidylle gehörig durcheinander. Denn
nachdem der fröhlich losbuddelnde Henrik erst
mal belächelt wird, fangen auch Mama, Papa
und die Schwester heimlich an zu graben. Jeder
schielt argwöhnisch auf das Loch des anderen,
keiner gönnt dem anderen was. Und wer profi-
tiert am Ende von Gier und Streitereien? Oma!
Mit vielen Illustrationen von Stefanie Jeschke.

GULLIVER   www.beltz.de

Oliver Uschmann/Sylvia Witt
Lange Krallen.
Leonie und ihr Kater auf heißer Spur

Mit Bildern von Timo Grubing
Roman, 116 Seiten (ab 10), Gulliver HC 81276
Ebenfalls als E-Book erhältlich (81277)

Leonie ist sich sicher: Ihr Kater Bobby war in
einem früheren Leben ein Wachhund. Daher
kommt seine besondere Nase für Verdächtiges.
Bobby kann zwar nicht sprechen, Leonie
versteht ihn trotzdem. Aber warum knurrt er
immer, wenn die neuen Nachbarn in der Nähe
sind? Das ist doch eine ganz harmlose Familie.
Nur übertrieben ordentlich und immer nachts
unterwegs. Irgendetwas stimmt da doch nicht.
Leonie will es ganz genau wissen …

Benjamin Lebert
Julian und Anisa
und das Wunder vom Wacholderpark

Mit Illustrationen von Tina Vlachy
Roman, 135 Seiten (ab 10), Gulliver HC 81306
Ebenfalls als E-Book erhältlich (81307)

Julian sammelt lieber Wörter und schreibt
Gedichte als Fußball zu spielen. Anisa ist frech,
laut – ein schillerndes Mädchen, das durch den
Park wirbelt. Viel weiß Julian nicht über sie,
aber er mag die Buchstaben in ihrem Namen.
Julian ist eher zart und wird immer wieder
gemobbt. Eines Tages geht Anisa dazwischen
und fordert den überraschten Angreifer zu einem
Fußballspiel heraus. Danach ist für Julian nichts
mehr wie es war.

GULLIVER   www.beltz.de

Salah Naoura
Chris, der größte Retter aller Zeiten
Roman, 188 Seiten (ab 11), Beltz & Gelberg 81198

Chris ist ein ungewöhnlicher Junge. Sein Ruf als Lebensretter eilt ihm weit voraus. Doch während er versucht, dem unnahbaren Titus zu helfen, wird vor allem eines klar: Chris selbst ist in großer Not. In seiner Familie gibt es ein dunkles Geheimnis, verborgen in einem Rosenbeet, wo früher einmal ein Gartenteich war.

Salah Naoura
Matti und Sami und die drei größten Fehler des Universums
Roman, 144 Seiten (ab 9), Gulliver TB 74427
Peter Härtling-Preis der Stadt Weinheim
LUCHS Kinder- und Jugendbuchpreis des Jahres
Ebenfalls als Hörbuch erhältlich (978-3-942587-08-2)

Der 11-jährige Matti träumt von einem Familienurlaub in der Heimat seines finnischen Vaters, was er mit einer faustdicken Lüge auch erreicht. In Finnland aber finden sich Matti, der kleine Bruder Sami und die Eltern auf einmal ohne Bleibe, Geld und Auto mitten in der finnischen Einöde wieder. Nur ein Wunder kann sie retten – oder Onkel Jussi, der aber mit Mattis Vater in lebenslanger, brüderlicher Konkurrenz verstrickt ist …

GULLIVER   www.beltz.de

Oliver Uschmann/Sylvia Witt
Meer geht nicht

Roman, 143 Seiten (ab 11), Gulliver HC 74997

»Du warst noch nie am Meer?« Samuel, Bina und Sharif können es nicht fassen. Ihr neuer Freund Kevin war noch nicht mal an der Nordsee. Das Leben ist zu kurz, um so etwas aufzuschieben. Also starten die Freunde die Mission »Kevin ans Meer bringen«. Heimlich, ohne ihre Eltern. Doch alles verläuft ganz anders als gedacht …

Guy Bass
Noah Unendlich

Aus dem Englischen von Julia Süßbrich
Mit Bildern von Steve May
Roman, 72 Seiten (ab 9), Gulliver HC 74987

Noah liebt Dinosaurier und Spaghetti mit Tomatensoße. Aber er bekommt nicht immer, was er will. Also wünscht er sich Verstärkung. Tatsächlich sitzt am nächsten Tag ein zweiter Noah in seiner Klasse. Und am Tag darauf vier, dann acht …
Das ist genial! Bis es Noah langweilig wird, immer nur mit sich selbst zu reden. Doch er kann die Verdopplung nicht stoppen. Und für die anderen Noahs fängt der Spaß gerade erst an …

GULLIVER   www.beltz.de

Lena Hach
Der verrückte Erfinderschuppen.
Der Limonaden-Sprudler

Mit Bildern von Daniela Kulot
Roman, 157 Seiten (ab 8), Gulliver TB 74990

Tilda, Walter und Fred sind jetzt Erfinder!
Der Limonaden-Sprudler ist eine Superidee von
Walter. Denken die drei zumindest. Bis beim
Experimentieren das Dach des Schuppens in die
Luft fliegt und der Dicke und der Dünne Wind
davon kriegen. Grund genug, erst mal eine
ordentliche Konfetti-Alarmanlage zu installieren.
Als die Freunde ihren Limonaden-Sprudler dann
im Freibad testen, ist das Chaos komplett.

Rebecca Patterson
Freddy Sidebottoms absolut peinliche Welt

Aus dem Englischen von Friederike Levin
Mit Bildern von Rebecca Patterson
Roman, 128 Seiten (ab 9), Gulliver TB 81327
Ebenfalls als E-Book erhältlich (81002)

Freddy ist ein absoluter Tollpatsch. Ob er beim
Klassenausflug im Zoo ins Affengehege stürzt
oder seine Badehose verrutscht – kein Tag
vergeht ohne einen »klassischen Fredster!«.
Bis ihm sein erfindungsreicher Großvater einen
genialen Spielzeugwürfel schenkt. Es scheint, als
könnte Freddy damit alle seine Peinlichkeiten
verhindern. Ein witziger und äußerst unterhalt-
samer Roman um einen Jungen, der das Chaos
perfekt macht!

GULLIVER   www.beltz.de